La balle est dans ton camp

Robert Cormier

La balle est dans ton camp

Traduit de l'américain par Christelle Bécant

Médium
11, rue de Sèvres, Paris 6e

Titre original : « Tunes for bears to dance to » (Delacorte Press, New York)
Loi n° 49.956 du 16 juillet 1949 sur les publications
destinées à la jeunesse : mars 1993
Dépôt légal : novembre 1996
Imprimé en France par ***Bussière Camedan Imprimeries***
à Saint-Amand-Montrond (Cher)
N° d'imp. : 1/2805. N° d'édit. : 1787

À Fabio Coen
mes plus vifs remerciements

«La parole humaine est
comme un chaudron fêlé
où nous battons des mélodies
à faire danser les ours,
quand on voudrait attendrir les étoiles.»

Gustave Flaubert
Madame Bovary, 2e partie, chapitre 12

«Et délivrez-nous du mal…»

Notre Père

1

Le vieil homme sortait de la maison de fous chaque matin peu avant huit heures et, chargé d'un petit sac de cuir qui se balançait comme un pendule à sa main droite, descendait le chemin gravillonné qui menait à la barrière. Sa moustache lui faisait un accent de givre sur la lèvre supérieure.

Henry l'observait du troisième étage, depuis une véranda qui surplombait la rue. Il était intrigué de savoir où le vieil homme se rendait chaque jour, et il l'aurait suivi s'il n'avait pas eu le genou dans le plâtre. On allait le lui retirer environ une semaine plus tard et, en attendant, il essayait de patienter en observant les allées et venues du voisinage. Le vieil homme était ce qu'il avait vu de plus intéressant. Pourquoi vivait-il dans cette maison de fous, et pourquoi le laissait-on sortir tous les jours s'il était fou ?

« Tu ne devrais pas dire que c'est une maison de fous », lui disait sa mère. « C'est une institution pour aliénés. »

Henry trouvait que c'était pire que de parler de maison de fous. De toute façon, le vieux n'avait l'air ni fou ni aliéné. L'enfant ne le voyait que quelques instants lorsqu'il rentrait ou partait, mais il paraissait plutôt normal. En fin d'après-midi, quand le vieux revenait de l'endroit mystérieux où il se rendait, ses pas étaient plus lents, des toiles d'araignées lui étaient apparues autour des yeux et ses épaules s'affaissaient, même si ses joues étaient toujours lisses, pareilles à des pierres usées par des années de pluie.

De temps en temps, Henry boitillait jusqu'à la grille de la maison de fous et regardait les gens qui flânaient dans l'enceinte du bâtiment. Ils avaient l'air normaux, eux aussi, comme les gens qu'il voyait tous les jours dans le quartier.

Lui-même ne se sentait pas dans son état normal. Il n'avait jamais appris à se servir correctement des béquilles au cours des cinq semaines qu'il avait passées dans le plâtre. Il trébuchait sans cesse contre elles. Il n'avait pas les facultés de coordination ni la constitution athlétique de son frère Eddie et se déplaçait donc avec maladresse sur les cannes, raison pour laquelle il quittait rarement la véranda.

Eddie aurait maîtrisé les béquilles en un rien de temps. Il aurait descendu la rue en slalom, aurait interpellé tout le monde, et tous lui auraient souri. Henry essayait de ne pas penser à lui, mais c'était impossible, évidemment. Si Eddie était mort depuis près d'un an – onze mois et trois jours, pour être exact – sa présence se manifestait encore dans la vie d'Henry et celle de ses parents. Parfois, Henry se sentait coupable parce qu'il parvenait à passer, oh, peut-être trois ou quatre heures sans penser à lui, mais sa mère et son père paraissaient y penser à tout instant de la journée, dans une traversée lugubre et triste des heures où, sauf en cas de nécessité, ils parlaient rarement. Son père, en fait, était enseveli dans son chagrin. Parfois, incapable de supporter le silence de l'appartement, Henry sortait sur la véranda. Un jour, il songea à sauter la balustrade pour se jeter sur le trottoir en contrebas, mais il savait que cela ne donnerait que plus de tristesse à ses parents.

Il avait hâte qu'on lui retire son plâtre afin de pouvoir reprendre son boulot de garçon à tout faire pour M. Hairston au Corner Market. M. Hairston avait un problème de dos et éprouvait des difficultés à se baisser. Henry le faisait pour lui. Il ramassait tout ce qui tombait. Il allait chercher les marchandises sur les étagères les plus basses pour satisfaire les commandes des clients. Il avait aussi d'autres fonctions : il aidait à décharger les cartons et les cageots qui leur parvenaient des grossistes, garnissait les rayons, faisait les pommes de terre à la cave, quinze livres par sac, puis les remontait au rayon des légumes. M. Hairston était fier de ses primeurs : laitues, carottes, épinards frais, et des produits aussi rares que des panais et des champignons, tous exposés avec soin au fond du magasin.

Henry travaillait à la boutique tous les jours après l'école et le samedi matin. Enfin, jusqu'à ce qu'il se casse le genou : en juin, juste à la fin des cours, il avait trébuché avant de dégringoler au bas des marches de l'escalier du troisième. Fracture superficielle, avait dit le médecin, rien de très sérieux, mais suffisamment pour nécessiter un plâtre qui lui prenait le mollet et le genou. M. Hairston déclara qu'il lui garderait sa place jusqu'à ce que son genou soit guéri.

« Comment ferez-vous pour vous baisser ? » demanda Henry.

« Je ne remplirai pas les étagères du bas jusqu'à ce que tu reviennes », répondit M. Hairston.

« Qui va balayer par terre et faire les pommes de terre ? »

M. Hairston se renfrogna sans répondre. Il passait la plupart du temps à se renfrogner, la mine aussi aigre que les pickles du tonnelet de bois posé près de la caisse enregistreuse.

Henry n'avait pas envie de dire ce qu'il ajouta. Mais il le fallait. « Jackie Antonelli vous rendrait bien service. Il habite dans ma rue. Il est dans la même classe que moi à l'école. »

Dans la terreur, il attendit la réponse de M. Hairston. Il n'avait pas envie que Jackie Antonelli lui prenne son boulot. Il lui avait promis qu'il demanderait, même s'il n'était pas particulièrement lié à ce garçon qui aimait se battre. Jackie lui avait dit que sa famille était pauvre et que l'argent serait le bienvenu. Mais dans ce quartier de Wickburg, tout le monde était pauvre et pouvait faire usage de cet argent.

« Il travaillerait dur », reprit Henry, qui s'en voulut de le dire, alors qu'il ignorait si Jackie serait prêt à le faire.

« Antonelli est un Rital », répliqua M. Hairston. « Je ne veux pas qu'un Rital travaille chez moi. »

Henry fut soulagé, mais sentit aussitôt la culpabilité l'envahir d'éprouver une telle sensation. Il en voulait également à M. Hairston de traiter Jackie de Rital. Pourtant, il n'était pas complètement surpris par la réflexion qu'il avait faite sur les Italiens.

Le passe-temps favori de M. Hairston consistait à se poster à la vitrine, près de la grosse caisse enregistreuse en cuivre, et à observer les gens qui passaient dans la rue en faisant des commentaires à leur propos.

« Regarde-le celui-là, Selsky. Un youpin. Ses

marchandises sont trop chères. Toujours en train de faire des soldes, mais il gonfle les prix avant, après il baisse un peu... »

Ou bien :

« Tiens, Mme O'Brien qui passe. Une Irish. Neuf enfants. Presque tout le temps au lit. Mais pas à dormir. » Alors suivait un grognement étrange, comme le couinement d'un cochon qui, Henry l'apprit à la longue, servait de rire à M. Hairston.

Ou encore :

« Regarde-la, Mme Karminski... »

Le garçon aperçut Mme Karminski, poussive, essoufflée, entraînée le long du trottoir par un petit chien semblable à un jouet gonflable.

« Négligée », lança M. Hairston. « Trop de rouge. Elle le bichonne, ce chien. Elle n'est pas regardante pour sa nourriture. Elle délaisse son ménage et son jupon dépasse. Idiote. Une Polack. »

« Je crois qu'elle se sent seule », dit Henry, qui faisait là une exception car il ne répondait généralement pas à M. Hairston. « Son mari est mort le mois dernier. » Juste avant qu'il se casse le genou.

« Je l'ai vue pleurer en promenant son chien, hier. Les joues toutes mouillées… »

« Une honte », reprit M. Hairston, « cette façon de se donner en spectacle, de pleurer en public. Elle devrait pleurer chez elle. Et lui, son mari. Une mauvaise haleine… Quand il entrait ici, ça me mettait presque K.-O… »

Ils regardèrent Mme Karminski tourner le coin de la rue, tiraillée par le petit chien.

« Quel monde ! » déclara M. Hairston.

« C'est triste », dit Henry, pensant à Mme Karminski et à la mort de son mari qui avait mauvaise haleine.

« Pas triste, terrifiant », dit M. Hairston. « La guerre est finie, c'est sûr, mais maintenant c'est la Bombe. Ça pourrait nous tuer tous, en un éclair. Ça serait peut-être tout aussi bien. Trop de gens dans le monde. Trop d'abrutis. »

Il fut interrompu par l'entrée d'une cliente, Mme Lumpke, qui n'allait jamais sans son chapeau rouge semblable à un pot de fleurs renversé sur sa tête. Henry se réjouit de son arrivée. La plupart du temps, il s'occupait dans la boutique et se dérobait à la compagnie de M. Hairston et à ses remarques. Pourtant, il lui était reconnaissant de lui avoir donné ce petit boulot.

Henry était nouveau dans le quartier au moment de son embauche. Son père n'avait pas travaillé depuis la mort d'Eddie. Il n'avait pas parié non plus, et quittait rarement l'appartement. Sa mère avait trouvé une place dans un restaurant, le Miss Wickburg Diner, au centre-ville, mais son salaire était faible et les pourboires ne donnaient pas grand-chose. Henry avait écumé le voisinage, nostalgique des gens et des rues du quartier de Frenchtown à Monument. Ses parents n'arrivaient plus à supporter Frenchtown depuis la mort d'Eddie et ils étaient venus emménager à Wickburg, une ville plus importante, située à trente-cinq kilomètres de chez eux. Ils avaient eu de la chance de trouver cet appartement au troisième étage, près de la maison de fous, car d'habitude les propriétaires en accordaient la priorité aux anciens combattants, auxquels par ailleurs les nouveaux lotissements étaient strictement réservés. Le père d'Henry n'était pas allé à la guerre. Une malformation de l'oreille, perforation du tympan, avaient conclu les médecins. Ce qui le mettait dans l'impossibilité de supporter les bruits effroyables de la guerre. C'est ainsi qu'ils en étaient venus à emménager dans l'appartement voisin de la maison de fous. Une honte, de l'avis de Jackie Antonelli, même si lui-même ne vivait qu'à trois maisons de là.

Henry chassait les réflexions de Jackie d'un haussement d'épaules, tout comme il endurait les commentaires de M. Hairston. Ce qui le décevait beaucoup dans ce nouveau quartier, c'était que ses parents ne montraient aucun signe laissant croire qu'ils se remettaient de la mort d'Eddie. En fin de compte, en quittant Frenchtown, ils n'avaient pas laissé Eddie derrière eux. Il planait partout dans l'appartement, même s'il n'y avait aucune photo de lui et si tous ses trophées restaient dans leurs boîtes, sur l'étagère du placard de la chambre d'Henry. Eddie avait gagné ces derniers par ses performances athlétiques. Il était capable de courir plus vite et de sauter plus haut que n'importe qui. Il maniait la batte avec une telle assurance qu'il galvanisait la foule même lorsqu'il était hors jeu. Il était catastrophique en classe, contrairement à Henry qui avait toujours le tableau d'honneur et ne s'attirait jamais aucun ennui. Eddie n'était pas bon élève, détestait faire ses devoirs et séchait souvent. Néanmoins, tout cela lui était pardonné, parce que tout le monde savait qu'il était promis à de grands moments sur les terrains de base-ball. Un jour il porterait les couleurs des Red Sox et enverrait des *home-run balls* par-dessus le grand mur du terrain gauche de Fenway Park. Au lieu de tout ça, il était mort, gisant dans le caniveau de la Première Rue de Frenchtown, le cou brisé comme cet os de poulet qu'on casse en deux pour faire un vœu. La voiture qui l'avait renversé avait pris la fuite et on ne l'avait jamais revue.

2

Le premier matin après qu'on lui eut retiré son plâtre, Henry suivit le vieil homme lorsque celui-ci quitta la maison de fous.

Il constata avec plaisir que son genou ne le gênait pas pour marcher à son rythme. Quand le plâtre était tombé dans le cabinet du médecin, il avait fait la grimace à la vue de sa jambe, blafarde et un peu fripée. Mais il n'eut pas de problèmes particuliers pour suivre le vieil homme dans ses pérégrinations au fil des rues.

Si le vieux n'était pas fou, il était sûrement étrange. Il remuait les lèvres comme s'il s'entretenait avec un compagnon invisible. De temps en temps, il s'arrêtait et s'immobilisait sans rien dire, le regard fixe, sans cible précise, figé dans une hypnose soudaine. Alors il soulevait sa casquette noire, une sorte de béret muni néanmoins d'une visière, et se remettait à marcher. Il souleva son béret à plusieurs reprises, bien qu'il n'y ait jamais personne à saluer.

Pour un vieil homme, il marchait vite. Henry devait se tenir sur ses gardes, car le vieux prenait des raccourcis inattendus à travers des ruelles et des arrière-cours. Il sentit que sa jambe faiblissait, comme si elle avait été creuse, et il se mit à boiter un peu, mais en règle générale, il réussit à garder le vieil homme en vue.

Finalement, ils atteignirent un quartier de la ville dans lequel Henry ne s'était encore jamais rendu. De vieux bâtiments délabrés se penchaient les uns contre les autres, comme pour se soutenir. En bas de la rue, des jeunes traînaient en face d'un bar, à parier sur des pièces qu'ils lançaient en l'air. Le vieil homme s'arrêta au niveau d'un magasin qui paraissait désaffecté. Les vitrines étaient couvertes de peinture noire et l'enseigne manquait à l'emplacement qu'elle aurait dû occuper au-dessus de la plus grande des devantures. Le vieil homme posa son sac et s'adossa au montant de la vitrine, comme pour reprendre son souffle. Alors, une fois de plus, il souleva son béret, ramassa la sacoche, et frappa à la porte. Dès que celle-ci s'ouvrit, il disparut à l'intérieur.

Henry se gratta le menton et donna un coup de pied dans une boîte de conserve abandonnée sur le trottoir. La curiosité le démangeait, comme une piqûre de moustique. Il aperçut les garçons du bar qui avaient interrompu leur jeu de pièces pour le dévisager. Repérant une ruelle étroite près du magasin désaffecté, Henry s'avança prudemment dans sa direction avant de s'y élancer. À l'autre bout, il fit irruption dans un paysage lugubre d'escaliers de secours délabrés, de bennes à ordures pleines à craquer et de meubles abandonnés, semblables aux vestiges d'un naufrage. Un rat gris jaillit entre deux tas de vieux cageots.

Une porte rouge récemment peinte attira son attention : sans aucun doute la porte arrière du magasin dans lequel le vieil homme était entré. Furtivement, soudain dans la peau d'un acteur de série du samedi après-midi, Henry s'approcha de la porte et tenta d'actionner la poignée. En douceur, mais avec fermeté. La porte ne s'ouvrit pas.

Après avoir lancé un coup d'œil afin de voir si quelqu'un l'observait ou si les types du bar l'avaient suivi, il se pencha pour regarder par le trou de la serrure. Geste ridicule, bien entendu, avisé au cinéma mais grotesque dans la réalité. Comme c'était prévisible, il ne vit rien.

Tout à coup, la porte s'ouvrit et Henry faillit tomber sur les fesses, la mâchoire décrochée sous le coup de la surprise, lorsqu'un homme énorme, une sorte de géant, apparut sur le seuil.

« Que fais-tu ici ? » tonna celui-ci, d'une voix aussi puissante qu'un ouragan.

Désarmé face à ce géant, Henry fut incapable de répondre.

« Tu cherches quoi en fouinant dans le coin ? » demanda le géant en avançant. Sur ce, voulant filer à reculons, Henry trébucha et cette fois tomba sur les genoux. Il grimaça de douleur à cause de l'élancement qui troua son genou convalescent. *Est-ce que je l'ai recassé ?*

Le géant se dressait au-dessus de lui, oppressant, les bras nus musculeux, les jambes pareilles à des troncs d'arbres.

Henry sentit la douleur de son genou disparaître, remplacée par la même sensation de vide. Il fut stupéfait de se rendre compte que ses joues étaient trempées de larmes.

« Hé, je ne vais pas te faire de mal », dit le géant, d'une voix subitement adoucie. « Tu t'es fait mal ? »

Henry secoua la tête tandis qu'il se relevait, essuyant les larmes qu'il avait sur le visage.

« Tu as envie de voir ce qui se passe à l'intérieur ? » demanda le géant. « C'est ça ? »

Henry essaya de secouer la tête mais ne put remuer un muscle. Il ne voulait pas avoir affaire à ce géant, qu'il adoucisse ou non la voix. Et s'il était fou comme le vieux ?

« Je n'avais pas l'intention de t'effrayer, mon garçon », reprit le géant avec un sourire triste qui révéla de grandes dents irrégulières. « Mais nous avons des ennuis avec certains des caïds du quartier… »

Le temps de reprendre son équilibre, Henry planta son regard dans les yeux du géant – des yeux bruns veloutés, remplis de remords – puis il s'arracha à cet endroit, chancelant, poursuivi par la voix du géant alors qu'il courait vers la ruelle :

« Attends… Ne t'en va pas… »

Mais Henry continua, traversant la ruelle au pas de course, ravi que sa mauvaise jambe ait retrouvé sa force et sa vigueur.

Plus tard, sur le chemin du retour, il regretta de ne pas être entré dans le magasin. Il se demanda s'il découvrirait un jour ce que le vieux fabriquait à l'intérieur ou ce que son sac noir contenait.

3

Cet après-midi-là, M. Hairston se contenta de grommeler lorsque Henry se présenta au magasin sans ses béquilles, prêt à travailler. Henry s'était débarbouillé la figure et peigné les cheveux. Sa jambe lui paraissait toujours aussi solide, malgré la longue course qu'il avait parcourue pour rentrer chez lui le matin même.

« Des pommes de terre à faire », lança M. Hairston par-dessus l'épaule d'un client, et Henry se dirigea vers la cave où une caisse de légumes l'attendait. Il faisait toujours en sorte d'accélérer ce travail, parce que la cave était sombre et humide et qu'il entendait souvent des rats détaler à travers la pièce. Un jour, un rat gris avait jailli d'un sac de pommes de terre et, sursautant de frayeur, Henry avait senti son cœur exploser dans sa poitrine. Il craignait un tas de choses – la porte du placard de sa chambre qui ne restait jamais fermée, les films de fantômes et de vampires – mais surtout les rats.

Lorsqu'il remonta, M. Hairston disait au revoir à une cliente en qui il reconnut Mme Pierce, qui vivait au premier étage de son immeuble. Souriant, M. Hairston la raccompagna avec des hochements de tête et referma doucement la porte derrière elle.

« Révoltant, cette verrue sur le menton, et ces poils qui dépassent », dit l'épicier en regagnant la caisse, alors qu'un rictus méprisant venait remplacer son sourire. En vérité, ce n'était pas réellement un sourire – tout comme son rire n'était pas véritablement un rire – mais plutôt une redisposition de ses lèvres, l'inversion de son rictus habituel.

Henry était sidéré de voir comment M. Hairston, poli avec ses clients, tout en sourires et courbettes, avide de plaire tant qu'ils étaient dans le magasin, pouvait être grossier quand ils étaient partis.

« Le client a toujours raison », proclama-t-il un jour, comme s'il lisait dans les pensées d'Henry. « Mais seulement dans le magasin. Quand il achète. Sinon, ce sont des gens, c'est tout. Abrutis, pour la plupart. Alors, pourquoi leur faire un cadeau ? » Il tendit une barre de Baby Ruth à Henry qui en fut abasourdi, car M. Hairston ne lui avait encore jamais rien donné pour lui faire plaisir. « Mange », lui dit-il. Puis il reprit : « La clientèle était agréable pendant la guerre, cela dit. Le rationnement. Les gens accouraient s'ils entendaient dire que j'avais un arrivage de beurre. Ou des cigarettes. »

Henry écoutait, les joues déformées par le caramel, tandis que, le regard perdu, M. Hairston paraissait se parler à lui-même, d'une voix presque rêveuse. « Je leur faisais faire la queue. Pour les forcer à attendre, je faisais comme si la marchandise n'était pas encore arrivée mais qu'on l'attendait d'une minute à l'autre. Pendant ce temps-là, la commande était ici et ils attendaient en rangs. À croire que j'étais un dictateur, vu leur façon de me traiter. Et c'est vrai que je l'étais. Parce que j'avais du pouvoir sur eux. » Puis, baissant les yeux comme si, après avoir oublié sa présence, il découvrait qu'Henry était là, il ajouta : « Va travailler. Je ne te paie pas pour que tu traînes à rien faire. »

Juste avant l'heure de la fermeture, Henry balayait lorsque la fille de M. Hairston entra dans le magasin. Elle apparut à la porte du fond, descendue de l'appartement du dessus où l'épicier vivait avec sa femme, qu'Henry n'avait jamais vue, et sa fille, Doris. C'était un murmure de fille, élancée, de longues boucles noires sur les épaules, un nœud dans les cheveux. C'était apparemment toujours le même ruban, mais les couleurs changeaient, rouge, jaune et bleu, des couleurs intenses et vives qui contrastaient avec la pâleur blanche de son visage, le noir de ses yeux enfoncés dans leurs orbites, comme les fenêtres d'une maison hantée.

En général, elle allait et venait pareille à un fantôme, apparition soudaine, avant de disparaître derrière une porte refermée doucement sur elle ou dans le bruissement évaporé de ses vêtements. Parfois il ne la voyait pas du tout mais sentait sa présence quelque part dans le magasin. À l'école, elle avait une année d'avance sur lui et lorsqu'ils se croisaient dans le couloir, elle baissait les yeux et regardait ailleurs. Elle avait toujours des livres de bibliothèque dans les bras. Au magasin, il sentait parfois ce regard halluciné se poser sur lui, il se retournait et manquait la voir, puis il entendait la porte du fond se fermer en douceur. Ils n'avaient jamais échangé un mot.

Dès que M. Hairston la voyait dans le magasin, il la sommait de partir. « Monte », ordonnait-il, la main pointée vers le plafond.

Cet après-midi-là, d'un mot rapide, elle adressa la parole à Henry pour la première fois. « Bonjour. » Ce fut si bref, un tel murmure, qu'il crut d'abord que ses oreilles l'avaient trompé. Elle ne lui sourit pas mais changea d'expression, ou plutôt une expression indéfinissable combla la vacuité habituelle de son visage. Il fut incapable d'en déchiffrer le sens. Alors qu'elle tournait les talons sans lui avoir laissé le temps de la saluer à son tour – si c'était bien de *ça* qu'il s'agissait – il remarqua une trace de coup sur sa joue, violette et hideuse.

« Qu'est-ce qui est arrivé à ta joue ? » demanda-t-il en chuchotant, sans trop savoir pourquoi.

« Monte ! »

Dans le silence du magasin, la voix de M. Hairston produisit l'effet d'un coup de tonnerre et, surpris, Henry fit un bond avant de se retourner pour affronter le boutiquier qui était noir de colère.

Henry se mit à balayer vigoureusement et entendit décroître le bruit des pas de la fille de l'épicier, la porte qui s'ouvrait et se refermait.

« Elle est tombée », lança M. Hairston tandis qu'Henry balayait obstinément au même endroit. « Une maladroite, toujours en train de se blesser. »

Un client retardataire pénétra dans la boutique et M. Hairston tourna le dos, pestant entre ses dents. Il haïssait les clients de dernière minute.

Ce soir-là, agenouillé à côté de son lit, Henry ajouta Doris à ses prières. Il les disait tous les soirs comme les sœurs de Saint-Jude, l'école paroissiale de Frenchtown, avaient appris à le faire à tous leurs élèves. Il priait d'abord pour sa mère, menue et fragile, qui avait travaillé de nuit pendant la guerre, rentrant à la maison à l'aube, blême de fatigue, s'efforçant de dormir au milieu des bruits diurnes. À présent serveuse, elle passait toute la journée debout à porter des plateaux trop lourds. Il priait ensuite pour son père, enfoncé dans son silence. Il priait pour qu'il se remette à jouer, même si le jeu était la raison pour laquelle il n'y avait jamais assez d'argent chez eux. Son père, lui aussi, avait travaillé dans les magasins de guerre, mais la plupart du temps le joueur impénitent qu'il était jouait son salaire, prompt à parier sur un match de football ou une course de chevaux, ou sur les cartes de sa donne, mais rarement gagnant. À présent, il ne jouait plus et Henry priait pour qu'il sorte de sa douleur, même si cela impliquait de nouveau le jeu et les pertes habituelles.

Il priait aussi pour Eddie, au cas où il ne serait pas au ciel. Mais où pouvait-il être ? Certainement pas en enfer. Eddie n'avait jamais rien fait pour mériter l'enfer. Au purgatoire ? Peut-être. Les sœurs avaient souvent parlé de cet endroit où les âmes attendaient d'être admises au paradis. Du purgatoire, elles entraient au ciel si on disait suffisamment de prières en leur nom. Aussi, Henry priait pour l'âme d'Eddie. Il ne prenait pas le risque de présumer de son arrivée au paradis et espérait le pousser chaque soir un peu plus près.

« Et délivrez-nous du mal », murmura-t-il. « Amen. »

Avant de faire le signe de croix qui terminait la prière, il pensa à Doris qui était maladroite, tombait beaucoup et se blessait. Il pria pour qu'il ne lui arrive aucun mal. Puis il ajouta une prière pour le vieil homme, demandant à Jésus de veiller sur lui. Quiconque vivait dans une maison de fous méritait assurément une prière.

4

Le lendemain, Henry suivit de nouveau le vieil homme, désormais davantage intrigué par ses actes – la façon qu'il avait de soulever sa casquette, ses expressions changeantes, ses hypnoses subites – que par sa destination.

Au détour d'une rue, il découvrit avec stupeur qu'on ne voyait plus trace du vieil homme, comme si celui-ci avait disparu de la surface de la terre.

Soudain, il sortit de l'ombre d'une porte, tenant entre des mains tremblantes le sac noir qu'il avait plaqué sur sa poitrine en guise de protection, les yeux écarquillés par l'effroi.

Henry rougit violemment. « N'ayez pas peur », lui dit-il. Jamais il n'avait vu une telle frayeur dans les yeux de quelqu'un.

Le vieux recula, à présent replié sur lui-même, comme s'il s'attendait à recevoir un coup.

« Je ne vais pas vous faire mal. » Henry s'était adouci et se demandait si le vieil homme comprenait ce qu'il disait. « Je n'ai que onze ans... »

Peut-être ses paroles ou le remords qu'il avait dans la voix atténuèrent-ils la peur du vieil homme, car celui-ci cessa de reculer et de s'agripper à son sac. De grosses larmes avaient rempli ses yeux et dégoulinaient sur ses joues, mouillant sa moustache blanche.

Les yeux voilés de larmes lui aussi, bouleversé d'avoir effrayé un homme aussi âgé, Henry s'entendit dire : « Je vous regarde tous les jours et je me demandais où vous alliez, c'est tout. Je me suis cassé la jambe, et mon frère est mort... » Il était stupéfait de faire de pareilles confessions à ce vieillard, cet étranger.

Le vieil homme s'essuya la joue. « Mort ? » dit-il. Ou un mot qui, avec un accent prononcé, ressemblait à *mort*. Alors, Henry entendit un son qu'il n'avait encore jamais entendu dans la bouche d'un homme ou d'une femme, un cri angoissé venu de très loin : « Aaaayyy... » Comme le son qu'on lâche lorsque la douleur est trop grande pour qu'on puisse la supporter, la charge trop lourde à soulever, la chaleur trop étouffante, le froid trop glacial.

Touchant l'épaule du vieil homme, soulagé que celui-ci ne recule pas, Henry poursuivit : « Ça va. Ma jambe va mieux maintenant et mon frère est au paradis. » Il n'évoqua pas l'hypothèse du purgatoire.

Le vieil homme hocha la tête et sombra dans le silence. Son cri pourtant résonnait toujours aux oreilles d'Henry. Ils restèrent silencieux l'un et l'autre, sans prêter attention aux gens qui les observaient avec curiosité en passant.

« Viens », lança le vieil homme, la main levée pour l'inviter à le suivre, sans plus se protéger de son sac comme d'un bouclier. Henry se mit au pas à ses côtés et lui offrit de porter sa sacoche. Elle n'était absolument pas lourde, mais on entendait des choses cliqueter à l'intérieur. Henry feignit de ne rien remarquer lorsque, à quelques reprises, le vieil homme souleva sa casquette, sans toutefois s'arrêter ni tomber dans l'une de ses hypnoses habituelles.

Lorsqu'ils arrivèrent en vue du magasin, il vit le géant qui faisait les cent pas sur le trottoir, tout en ossature et en muscles. C'était un miracle que le trottoir ne tremble pas sous ses pieds. Le géant poussa un cri de soulagement quand il aperçut le vieil homme. Il échangea quelques mots avec lui dans une langue qu'Henry ne comprit pas, puis expliqua, baissant les yeux vers ce dernier : « Je m'inquiétais à cause de son retard. D'habitude, on peut régler sa montre sur lui. » Il scruta alors Henry de toute sa hauteur imposante. « Alors, tu es revenu... Tu as bien fait. »

Il les conduisit à l'intérieur du magasin.

Finalement, ce n'était pas un endroit de sombres secrets obscurs, mais une grande pièce où une douzaine de personnes travaillaient sur des établis, concentrées, la tête baissée, les doigts virevoltant en tous sens. Tout d'abord, Henry pensa que le magasin avait été reconverti en une sorte d'atelier. Des machines vrombissaient sur quelques établis, propulsant des jets de poussière dans l'atmosphère. D'autres personnes faisaient des travaux manuels plus calmes. Des abat-jour verts jetaient des flaques de lumière brillante sur les tables de travail.

Comme le vieil homme se dirigeait vers l'une d'elles, recouverte d'une housse, le géant reprit : « C'était une salle de billard, mais maintenant c'est un centre d'artisanat. Ceux qui viennent ici sont des gens qui ne peuvent pas se payer de cours. Ou qui n'ont pas assez d'argent pour les fournitures. Certains sont des artistes qui ont besoin d'un endroit où travailler. D'autres ont juste besoin d'un endroit où aller. C'est la ville de Wickburg qui paie tout ça… »

Dans un coin, un homme grand et mince examinait du coin de l'œil un tableau à moitié terminé représentant des bouleaux sur un ciel bleu clair. À quelques mètres, une dame ronde aux cheveux bleus malaxait un gros morceau d'argile. En plissant les yeux, Henry vit la tête d'un enfant émerger de la terre.

Il s'éloignait, médusé par ce grouillement d'activité, quand il vit le vieil homme retirer la housse de son établi, dévoilant les maisons et les étables d'un village miniature, peuplé de minuscules figurines de bois de trois ou quatre centimètres à peine.

« M. Levine est un bon sculpteur », dit le géant. « Il est en train de recréer le village de sa jeunesse sur l'établi que tu vois là-bas. »

« C'est son nom, M. Levine ? »

« Oui, Jacob Levine. »

« Je m'appelle Henry. Henry Cassavant. »

« Et moi, Georges Graham », répondit le géant avec un sourire qui révéla ses grandes dents.

Georges Graham ? Henry pensa qu'un géant tel que cet homme aurait dû avoir un nom plus imposant, comme les héros de romans, Thor ou Ivan.

M. Levine se retourna vers Henry puis, souriant, fit un geste vers le village de bois. Mais ce sourire avait quelque chose de triste, pensa Henry. Le vieil homme ouvrit son sac et disposa de petits outils sur l'établi.

« Tu vois ces bâtiments et les personnages miniatures ? » demanda Georges Graham. « Il m'a dit qu'ils ressemblaient exactement aux gens qu'il connaissait dans ce village il y a longtemps. C'est un véritable artiste, tu sais, Henry. »

Celui-ci resta debout à côté de M. Levine alors qu'il se mettait au travail, ajoutant les touches de finition à une figurine d'enfant de deux centimètres à peine, sculptant délicatement, sans la moindre hésitation dans les doigts, maniant le petit outil coupant avec une assurance qui ne manquait pas de douceur.

Devant lui, sur l'établi, s'étalait un village entier. Des maisonnettes, des étables, des magasins. Des animaux aux champs, des chevaux et des vaches, des mulets, des poules et des chiens. Tous teintés selon leurs couleurs naturelles. Les figurines aussi, pareilles à des gens réels. Des femmes en fichu, le nez à la fenêtre ou occupées à étendre le linge sur un fil, des hommes dans les rues du village. Des charrettes et des chariots.

Le vieil homme travaillait sans relâche. Il ne s'interrompait que pour poser la figurine et soulever sa casquette, sans vraiment s'adresser à quelqu'un. Après quoi il retournait à son ouvrage. De temps en temps, il jetait un coup d'œil à Henry et lui lançait un sourire auquel le garçon commençait d'ailleurs à s'habituer, un sourire teinté d'une nuance qui n'était pas exactement de la tristesse, mais pas de la gaieté non plus.

Georges Graham arpentait le centre, s'arrêtait pour parler aux gens, faisait un signe de tête à l'un, touchait l'épaule de tel ou tel, écoutait d'une oreille attentive ceux qui lui parlaient. Le plus souvent, il s'agenouillait à côté des artistes et se trouvait ainsi dans la même perspective qu'eux. De temps en temps, des rires emplissaient l'atmosphère, les gens s'appelaient, ou se déplaçaient d'un établi à l'autre pour voir où en étaient les travaux. Un garçon à peine plus vieux qu'Henry transformait un pichet en lampe, tandis qu'à ses côtés une jeune femme boursouflée par la grossesse assemblait les pièces de tissu d'un *quilt*.

Georges Graham revint à l'établi du vieil homme et s'agenouilla à côté d'Henry.

« Vous êtes un artiste aussi ? » lui demanda ce dernier.

« Non, je dirige des endroits comme celui-ci pour la ville. Nous avons des annexes dans tout Wickburg. Mais c'est celle-ci que je préfère. »

« Combien de temps ça lui prend pour faire ces personnages ? » continua Henry.

« Cinq ou six heures chacun. C'est l'homme le plus patient que j'aie jamais rencontré. »

M. Levine se retourna et fit signe à Henry d'approcher. D'une main, il prit un petit bloc de bois, de l'autre, une lame de rasoir. Il se mit à tailler le morceau de bois.

« C'est du balsa », expliqua le géant. « Tendre, facile à travailler, rien à voir avec le chêne qu'il utilise pour le village. »

Henry regarda émerger la tête incurvée d'un canard, puis son bec. Les mouvements lestes de la lame captaient la lumière. La pièce terminée était grossière, mais c'était un canard, à ne pas s'y méprendre. Le vieil homme étala une couche de teinture brune à l'aide d'un petit pinceau qu'il passa rapidement sur le bois. Il se retourna, marqua une pause et le tendit à Henry, le visage barré d'un grand sourire qui ne contenait cette fois aucune trace de tristesse.

« Merci », dit Henry.

Le vieil homme hocha la tête et dit quelque

chose à Graham dans cette même langue étrange.

« Il dit que tout le plaisir est pour lui, que ta présence ici lui fait plaisir », retransmit le géant.

« Quelle langue c'était ? »

« Du yiddish, une vieille langue de son pays, en Europe. »

« Tu es yiddish aussi ? »

Georges Graham eut un sourire gentil. « Le yiddish est une langue, Henry. Parlée par les juifs. Mais je ne suis pas juif. Je suis bon en langues, c'est tout. Pendant la guerre, j'ai servi comme traducteur militaire. »

Tenant délicatement le canard sculpté, Henry regarda le vieil homme se remettre au travail sur la figurine de l'enfant, avec un couteau si petit qu'il en devenait quasiment invisible dans ses mains. L'arrondi de la joue de la petite fille prit forme sous les caresses de l'outil.

Enfin, Henry se rendit compte qu'il était temps de partir. Il avait des choses à faire chez lui, ainsi qu'une liste dans sa poche que sa mère lui avait donnée avant d'aller travailler.

Il toucha le bras de M. Levine.

« Il faut que j'y aille maintenant. Merci pour le canard. »

Le vieil homme hocha la tête, tendit la main, et leurs doigts s'entrelacèrent.

Le géant le raccompagna à la porte. « Tu reviendras ? M. Levine est seul au monde. Il n'a pas de famille… Sa femme est morte, et ses enfants. Je crois que tu lui rappelles son fils. Il te regarde avec affection… »

Affection… Un mot bien tendre dans la bouche d'un tel mastodonte.

« Je reviendrai », promit Henry.

5

Tous les dimanches, Henry et sa mère prenaient le car de Monument pour aller sur la tombe d'Eddie. Le chemin était cahoteux, l'odeur des gaz d'échappement lourde et suffocante, malgré les vitres ouvertes. Quand le car arrivait à Monument, ils parcouraient à pied les deux petits kilomètres qui les séparaient du cimetière Saint-Jude, à la lisière de Frenchtown. Ils ne retournaient jamais dans leur ancien quartier. « Trop de souvenirs », selon sa mère. Henry connaissait le mot qu'elle ne formulait pas : *tristes*. Trop de souvenirs tristes. La mort d'Eddie avait refoulé tous les moments agréables qu'ils avaient vécus à Frenchtown.

Sur la tombe d'Eddie, sa mère changeait les fleurs flétries de la semaine précédente. Ces fleurs attristaient Henry. Jamais il n'avait entendu Eddie dire qu'il les aimait. Quel garçon aimait ça ? Mais qu'apporte-t-on d'autre dans un cimetière ?

Ils s'agenouillaient, remuant les lèvres sans bruit pour prier. Il ne regardait pas sa mère, parce qu'il savait qu'elle aurait le visage contracté par la douleur. *Pourquoi vient-on ici ?* se demandait-il. Le cimetière n'était d'aucune consolation. La tombe d'Eddie était entretenue par la paroisse de Saint-Jude, mais sans pierre pour la signaler, elle était désolée et solitaire.

« Pourquoi on n'achète pas de pierre pour Eddie ? » demanda Henry qui en soupçonnait pourtant la raison.

« On le fera un jour, Henry. Quand les choses iront mieux... »

« Quand Pa recommencera à travailler ? »

« Oui », dit-elle en regardant ailleurs.

« Mais s'il se remet à jouer ? »

« Peut-être qu'il se mettra à gagner. »

« Pourquoi est-ce qu'il joue, Ma ? » Henry avait toujours été intrigué par les nuits que son père passait à jouer aux cartes, et par les raisons qui lui faisaient préférer la compagnie des hommes dans des bars enfumés à celle de sa famille, chez lui.

« Tu sais ce qu'il est en réalité, Henry ? » Sans attendre de réponse, sa mère poursuivit: « C'est un rêveur, ton père. Il rêve de ce qu'on pourra faire de ce pactole, s'il touche le paquet. »

Les mots du jeu – *pactole* et *paquet* – avaient une consonance étrange sur ses lèvres, et drôle aussi, assez tristement, à cause de la mélancolie de sa voix quand elle les prononçait.

« Mais il ne joue plus », dit Henry qui tentait encore de démêler l'énigme de son père. « Mais il est si triste aussi, Ma. »

« Plus que triste, Henry. Quand la tristesse devient trop insupportable, ça devient une maladie. Comme si ton père se tenait dans l'ombre. »

« Parce que Eddie est mort ? »

« On a chacun notre propre façon de surmonter les coups durs qui nous arrivent, Henry », répondit sa mère, le regard figé sur la tombe. « Le médecin dit que ça prendra du temps… »

Il fut surpris d'apprendre que la tristesse pouvait être traitée comme une maladie et que, de fait, son père était déjà allé voir un médecin. Il était déçu que sa mère le lui ait caché. Mais lui, ne lui cachait-il rien ? Il n'avait jamais dit, ni à elle, ni à personne, combien Eddie lui manquait. Il n'avait jamais parlé non plus de sa nostalgie de Frenchtown et de ses vieux copains, Leo Cartier et Nicky Lafontaine ; ni des mauvais rêves dans lesquels une bombe atomique explosait et où un gigantesque champignon faisait disparaître le monde.

« Pauvre Henry », continua sa mère en lui ébouriffant les cheveux d'un geste plein de tendresse. Puis, déterminée, elle ajouta : « Écoute, si tu penses qu'on devrait acheter une pierre pour la tombe d'Eddie, alors on en achètera une. » Elle se baissa et ramassa le broc. Elle le tenait de telle façon qu'on aurait dit que c'était une grenade qu'elle s'apprêtait à lancer. « D'une façon ou d'une autre. »

« On pourrait peut-être faire des économies », proposa Henry. « Un peu sur ton salaire et un peu sur le mien. »

« Peut-être. »

L'impossible semblait possible tout à coup, et Henry fit une petite danse surexcitée, là, devant la tombe d'Eddie. Puis il s'arrêta. « Quel genre de pierre, Ma ? »

Ils regardèrent les pierres tombales qui les entouraient, dalles grises, blocs de granit, sinistres de solitude. Même l'ange de pierre d'une tombe voisine était lugubre et esseulé.

« Quelque chose d'original », dit-elle, les yeux brillants, animés. « Quelque chose qui ferait plaisir à Eddie. Qu'est-ce qui lui plairait, à ton avis ? »

Henry pensa à Eddie et à sa passion du base-ball. Son air confiant lorsqu'il était sur le *plate*, replié sur lui-même, prêt à frapper, agitant sa batte avec impatience tandis qu'il attendait que le *pitcher* lui lance la balle. Puis, dans un *swing* magnifique, la batte craquait au contact de la balle, et celle-ci s'élançait comme un rayon d'arc-en-ciel à l'extrême opposé du terrain. Alors les cris et les hourras fusaient des tribunes.

« Une batte et une balle. » Les mots avaient jailli de sa bouche.

Stupéfaite, sa mère le dévisagea, bouche bée, puis se tourna vers la tombe d'Eddie. Henry baissa les yeux lui aussi, imaginant une batte et une balle de base-ball disposées sur la tombe, comme les symboles de la Foire internationale de 1939, la batte érigée près de la balle posée à sa base.

Ils échangèrent un regard et se mirent à rire à l'idée d'un pareil monument. La première fois qu'il voyait sa mère rire depuis la mort d'Eddie. Son rire pétilla joyeusement dans l'atmosphère et il se joignit à elle. Ils furent soudain pris d'un rire irrépressible, comme des prisonniers relâchés après une longue détention. Dans cet accès d'hilarité, ils s'étreignirent, s'abandonnant à la joie subite de l'instant.

« Tu imagines… » lui dit sa mère avant de reprendre sa respiration. « Tu imagines ce que le père Lemieux dirait s'il voyait une batte et une balle sur la tombe d'Eddie ? »

Plus tard, alors qu'ils sortaient du cimetière, les cailloux de l'allée crissant sous leurs pas, il lui prit le bras pour lui montrer une partie du terrain qui remontait à l'écart. C'était la section des enfants où les pierres tombales, à cette distance, ressemblaient à de minuscules dents de lait. Ils s'y étaient aventurés un jour mais n'étaient jamais retournés dans cette zone délaissée. Les monuments, agneaux, oursons et colombes de pierre, surplombaient les tombes minuscules. On avait déposé de petits jouets près des pierres tombales – un camion en plastique rouge, un ballon bleu, un petit cheval de bois.

« Si le père Lemieux accepte les agneaux et les oursons, peut-être qu'il n'aura rien contre une batte et une balle », dit Henry.

« Ce qu'il pense ne compte pas. Si on veut une batte et une balle pour Eddie, c'est ce qu'on choisira. »

Henry eut envie de la prendre dans ses bras mais se retint, de peur qu'elle ne le repousse comme elle le faisait parfois quand elle était fatiguée et irritable, ou qu'Eddie lui manquait, probablement.

6

Dans le calme de cette fin d'après-midi, entre les vagues de clients – ils viennent toujours en groupes, comme des bananes, se plaignait souvent M. Hairston – Henry s'approcha de l'épicier qui, planté près de la vitrine, faisait comme à son habitude des commentaires aigres sur les passants.

« Vous vous y connaissez en monuments, Monsieur Hairston ? »

« Quel genre de monuments ? » demanda l'épicier distraitement, sans cesser de regarder par la fenêtre.

« Des monuments pour les cimetières », répondit Henry.

Les sourcils froncés, l'épicier dévisagea Henry.

«Qu'est-ce que c'est que ces histoires de monuments ? Mais c'est peut-être un prétexte pour arrêter de travailler une minute ? »

Les joues en feu, Henry reprit le balai et se mit à balayer, bien qu'il l'eût déjà fait.

« D'accord, d'accord », dit M. Hairston. « Pose ce balai. Balayer un sol propre est un gaspillage d'énergie, autant s'en servir ailleurs. Mais oui, je m'en souviens maintenant... Ton frère est mort et c'est pour lui, ce monument, je me trompe ? » Cela dit sans aucune excuse dans la voix, ni tact.

Henry acquiesça. « Ma mère et moi, on a pensé en mettre un sur sa tombe. Ce que j'aimerais, en fait, c'est faire des économies pour lui en acheter un moi-même. » Impossible, bien entendu, mais agréable à penser, même à dire à voix haute.

L'épicier se remit à la vitrine, comme si ça ne l'intéressait plus.

« Où est-ce qu'on achète un monument ? » insista Henry.

« On va là où ça se vend », répondit M. Hairston, avec ce ricanement porcin qui n'avait ni gaieté ni plaisir.

« Où est-ce qu'on trouve ce genre d'endroit ? » demanda Henry, refusant de se laisser décourager.

Dans un soupir, M. Hairston, résigné, haussa les épaules et se retourna vers l'enfant. « On achète un monument comme on achète autre chose. On fait les magasins. Il y a un endroit qui en vend près du cimetière d'Oak Lake. Le propriétaire est un homme du nom de Barstow. Il en vit bien, d'après ce que je crois. Ça doit faire de gros bénéfices – c'est rien d'autre qu'une pierre avec des noms et des dates. »

« C'est loin d'ici ? Je peux y aller en bus ? »

M. Hairston lui lança un regard en coin, les yeux brillants d'intérêt tout à coup. « Tu es vraiment sérieux ? »

Henry hocha la tête. « Mon frère a le droit d'avoir un monument. Je crois qu'il est le seul du cimetière à ne pas en avoir. »

« À quel genre de monument tu penses ? »

Henry se demanda : *Est-ce que je fais bien de lui dire ? Est-ce qu'il va rire ?* Il détestait l'idée que ses paroles puissent anéantir l'intérêt soudain de M. Hairston. Mais pourquoi ne pas tout lui raconter ?

« Eddie était génial au base-ball. Je pensais à une batte et une balle. »

M. Hairston ne broncha pas, ne se moqua pas, il ne lança pas cet étrange grincement qui lui servait de rire, mais continua à observer Henry de son regard noir profond.

« Je connais ce Barstow. Je lui en parlerai. »

Incrédule, Henry sentit sa mâchoire se décrocher, comme dans les illustrés. Il cligna des yeux. Avait-il bien entendu M. Hairston prononcer les paroles qu'il lui prêtait ? Il n'osa pas poser la question. Il préféra chuchoter un « Merci » qu'il ne réussit à proférer qu'après s'être éclairci la gorge, puis se mit à balayer au même endroit.

7

Lorsque Henry retourna au centre d'artisanat, le vieil homme travaillait sur une nouvelle figurine, maniant avec soin un couteau délicat, le corps tout entier fléchi par la concentration.

Quelqu'un avait placé un tabouret haut à côté de lui et, d'un signe de tête, un sourire aux lèvres, il fit signe à Henry de s'asseoir, incontestablement heureux que celui-ci soit revenu. Une fois de plus, l'enfant resta en admiration devant le village et les silhouettes sculptées, si vivantes apparemment qu'il s'attendait à les voir marcher et parler.

Georges Graham vint s'agenouiller près d'eux et le vieil homme lui parla dans cette étrange langue yiddish.

Le géant écouta avec attention avant de s'adresser à Henry. « Il veut savoir si tu aimerais apprendre la sculpture. »

Henry avait toujours manqué de talent. Il n'était pas fort en sport comme Eddie. À Saint-Jude, pendant trois mois, il avait pris des leçons de piano avec sœur Angela et avait échoué lamentablement. À l'école, en arts plastiques, c'était la catastrophe. Il avait en esprit des visions de ce qu'il avait envie de dessiner, mais était incapable d'en transcrire ne serait-ce qu'un soupçon sur une feuille.

« Je ne crois pas que je serais vraiment bon. »

« Essaie », l'encouragea Graham.

M. Levine choisit un petit outil qu'il lui tendit. Henry le prit avec précaution. Le vieil homme saisit un couteau identique, puis un morceau de balsa aussi petit que le canard qu'il avait sculpté pour l'enfant.

Les minutes qui suivirent, pour le guider dans ses premiers essais de sculpture, M. Levine fit prendre aux mains d'Henry les positions adéquates, accompagnant ses mouvements avec la légèreté d'un flocon de neige sur sa peau.

Les copeaux de bois tombaient. Pour la première fois, Henry prit conscience des effluves qui entouraient l'établi : l'odeur propre des copeaux et les parfums pénétrants de la laque et des teintures, dont la confusion lui démangea le nez. Une silhouette prit forme dans le bois. Avait-il du talent après tout ?

Puis, un dérapage du couteau, une brève entaille vers le bas, et avant de sentir la douleur, Henry vit le sang jaillir. D'un geste rapide, M. Levine tira de nulle part un chiffon blanc qu'il lui enroula autour du doigt. La douleur n'était pas intense, mais le sang perçait pourtant le tissu, rouge vif, éclatant.

Le vieil homme gémit et s'effondra contre Henry. Le géant arriva aussitôt.

« Il ne peut plus supporter la vue du sang. Ni de voir quelqu'un souffrir. »

Oubliant le sang qui battait dans son doigt, Henry examina le vieil homme avec curiosité. Celui-ci avait le visage plus blanc que sa moustache, les lèvres comme teintées par des myrtilles. Le géant lui parlait tout doucement, comme s'il apaisait un enfant effrayé.

Plus tard, M. Levine chargea le géant de l'excuser. « Il est désolé de t'avoir laissé te couper et de s'être effondré de cette façon. »

Alors que le vieil homme poursuivait son travail, les doigts un peu tremblants, le géant reprit : «Il y a tellement de mal dans le monde, Henry. C'est pour ça que M. Levine s'évanouit à la vue du sang. C'est pour ça qu'il reste assis ici jour après jour à reconstruire son village et ses habitants, en essayant de les ramener... »

« Il est arrivé un malheur dans ce village ? »

« Le malheur, c'est l'arrivée des nazis. Ils ont transformé le village en camp de concentration. Ils ont brûlé quelques-uns des bâtiments, et avec les autres ils ont fait des baraquements pour garder les prisonniers. Puis ils ont construit des chambres à gaz où les gens ont été exterminés. Les habitants ont été tués, ou déportés, ou mis aux travaux forcés. M. Levine et sa famille ont été séparés. Sa femme et ses deux filles ont été envoyées dans un camp qui s'appelait Auschwitz. Il ne les a jamais revues. Lui et son fils, qui avait douze ans, ont été utilisés dans le village pour construire les chambres.

Son fils est mort le premier hiver. Il n'y avait pas de médicaments pour le sauver. »

« Comment M. Levine s'est-il évadé ? » demanda Henry en regardant le vieil homme ôter une boucle de bois de la figurine qu'il avait dans la main.

« Il ne s'est pas évadé. Il a survécu. Ils l'ont battu et affamé. Mais c'est un homme solide et pas aussi vieux qu'il en a l'air. C'est le camp qui l'a vieilli, les morts de sa famille. À la fin de la guerre, quand les Alliés ont libéré les prisonniers, M. Levine était parmi eux. Le monde a fini par reconnaître ce qui s'était passé dans ces camps. Comment des millions de gens sont morts... »

Henry avait appris par les titres des journaux et les actualités du cinéma la haine qu'Hitler avait pour les juifs, sa volonté de débarrasser la planète de toute une race. Il se souvenait des photos des gens qu'on avait découverts à la fin de la guerre, empilés comme des rondins de bois carbonisés. Mais ces corps étaient très éloignés de sa propre vie. À présent, il frémissait en regardant M. Levine et, après toutes ces années, la guerre devenait subitement réalité.

« Quand les soldats ont trouvé M. Levine dans le camp, il n'avait plus que la peau sur les os. Il était couvert de plaies. Son estomac ne pouvait supporter la nourriture. »

« Pourquoi vit-il à la maison de fous ? » demanda Henry, à voix basse, espérant que M. Levine ne pouvait pas l'entendre poser une question pareille.

« Son corps n'a pas été le seul à souffrir », répondit Georges Graham, tout bas lui aussi. « Son esprit et ses nerfs ont été brisés. Il fait encore des cauchemars horribles. Ici, à l'hôpital, on l'aide à s'adapter, à commencer une nouvelle vie. »

Tandis qu'ils le regardaient, le vieil homme souleva sa casquette, dans le vide. « Tu sais pourquoi il fait ça ? » demanda le géant. « Encore un effet de la cruauté des nazis. Les gardiens des camps se livraient à des jeux sadiques. Ils faisaient faire des exercices aux prisonniers, des sortes de tractions, pendant des heures d'affilée. Dehors, dans le vent et la pluie. Dans la chaleur comme dans le froid. Parfois toute la nuit. Ils les obligeaient aussi à soulever leur casquette dès qu'ils voyaient un gardien. Ils leur faisaient répéter ce geste pendant des heures. S'ils ne soulevaient pas leur casquette ou ce qui leur en servait, ils se faisaient tabasser, on leur donnait des coups de pied, on les battait. C'est devenu un réflexe de soulever sa casquette. Alors maintenant il la soulève tout le temps, mais il ne le sait même pas. »

M. Levine travaillait toujours, perdu dans son monde miniature.

« C'est une véritable cure, meilleure que des médicaments ou l'hôpital », reprit Graham. « Il ramène à la vie son village et les gens qui y habitaient. Sa femme et ses enfants. Ses amis, ses voisins. Même la brute que tout le monde détestait, le gros avec la veste rouge. Tout le temps qu'il passe à travailler ici, il est de nouveau dans son pays. Parfois, à la fin de la journée, il reste assis tranquillement à contempler le village en caressant les figurines. Je crois que dans ces moments-là il est proche de ceux qu'il aimait, il marche dans les rues, fait la cour à la fille qui allait devenir sa femme. Un jour, quand je lui ai crié qu'il était temps de partir, il ne m'a pas entendu. Je me suis assis dans l'ombre pour le regarder. Il est resté assis là deux heures, et j'ai compris qu'il était de nouveau chez lui, dans un autre temps et un autre lieu... »

Et à ce moment même, tandis que le géant parlait, M. Levine posa son outil ainsi que la petite sculpture et, lâchant un soupir, baissa les yeux sur le village. Henry et le géant restèrent assis à le regarder, silencieux et calmes eux aussi. Tous trois restèrent ainsi longuement, jusqu'au moment où quelqu'un leur cria qu'il était l'heure de fermer le centre pour ce jour-là.

8

Jackie Antonelli était au coin de leur rue, près du Welcome Bar, les mains dans les poches. Depuis que M. Hairston avait refusé de l'embaucher, il lançait des regards noirs à Henry chaque fois qu'ils se rencontraient, comme s'il lui en voulait de ne pas avoir eu le boulot.

« Tu vis toujours près de la maison de fous ? » cria Jackie.

En levant les yeux, Henry aperçut le rictus qu'il avait sur le visage. C'était une question stupide, et sans se donner la peine de répondre il contourna Jackie.

« Tu sais qui ferait bien d'aller à la maison de fous ? » continua ce dernier en remontant les épaules comme les durs dans les films.

« Qui ça ? » demanda Henry que ça n'intéressait pourtant pas.

« Ton père, voilà qui ! » répondit Jackie, d'une voix blanche et meurtrière. Puis il reprit sur le ton d'une rengaine : « Ton père, il travaille pas. Ton père, il sort pas de chez vous. Il devrait aller à la maison de fous, ton père. »

Henry se jeta sur lui pour le prendre à la gorge, englouti par une rage qu'il n'avait jamais éprouvée, une rage qui lui fit voir rouge. Jackie tomba à la renverse, un cri étouffé dans la bouche, et Henry le suivit dans sa chute, le choc l'obligeant à lui relâcher le cou. Jackie se débattit, lança des coups de pied, le corps convulsé sous les coups redoublés d'Henry.

« Cessez, arrêtez ça ! » Une voix rude sortit de nulle part. Des mains puissantes séparèrent les garçons et envoyèrent Henry chanceler plus loin.

Jackie se releva tant bien que mal en se massant le cou. « T'es malade ou quoi ? » hurla-t-il d'une voix rauque.

L'homme qui les avait séparés était un ancien combattant qui portait encore son uniforme kaki, délavé et rapiécé. Il traînait dans les parages du Welcome Bar nuit et jour. Le Jour J, il avait pris les plages de France d'assaut et on racontait qu'il n'avait jamais plus fermé l'œil depuis, éveillé vingt-quatre heures sur vingt-quatre.

Les yeux rouges et voilés, la respiration difficile comme s'il avait couru longtemps, il marmonna : « Qu'est-ce qui vous prend, les gosses ? » Sa voix était remplie de dégoût. « Le monde s'est pas assez bagarré comme ça ? »

« C'est lui qui m'a attaqué », geignit Jackie d'une voix encore incertaine. « Je n'ai rien fait. On était là en train de parler et il s'est mis à m'étrangler. »

« Mon père n'est pas fou. » Henry détacha chaque mot, distinctement : il avait besoin de faire comprendre la vérité à Jackie Antonelli et au vétéran, ainsi qu'aux gens qui avaient commencé à s'attrouper. « Il est triste, mais il n'est pas fou… »

« Partez d'ici, tous les deux », lança le vétéran. « Fichez le camp ! »

À la maison, assis à la table de la cuisine, le père d'Henry battait des cartes d'une seule main. Les cartes s'échappaient du jeu avant de s'y glisser de nouveau. « Il fait chaud dehors », dit Henry, haussant un peu la voix, comme si son père était sourd. Parfois, il en donnait l'impression et ne réagissait pas quand on lui adressait la parole.

Rassemblant lentement les cartes en un tas régulier, il leva les yeux vers son fils.

« Je suis désolé, Henry. »

Désolé de quoi ? De la chaleur ? De l'appartement ? De ses longs silences ? Il parlait si rarement qu'Henry accordait du poids à tout ce qu'il disait.

« Il ne faut pas, Pa. »

« Tu es gentil », répondit son père. S'humectant les lèvres du bout de la langue, il parut sur le point d'en dire davantage, puis sombra de nouveau dans le silence et recommença à battre les cartes.

Henry attendit quelques instants, content d'avoir entendu la voix de son père, puis sortit sur la véranda. Sa mère était en retard, ce qui voulait dire qu'elle faisait une fois de plus des heures supplémentaires. Il regarda la rue, désertée à l'heure du dîner. Il pensa à Frenchtown et à Leo Cartier qui l'appelait le soir après manger. « Henry, tu viens dehors ? » *Je ferai tout pour ne pas devenir solitaire*, se jura-t-il en silence.

Sa mère arriva, apportant la colère dans l'appartement. Non seulement les pourboires avaient été médiocres ce jour-là, mais des clients l'avaient carottée, ce qui signifiait qu'ils étaient partis sans payer la note. Le directeur, M. Owens, l'avait déduite de sa paye. « Je vous aime bien, Aggie. Mais je dois montrer l'exemple. Sinon quelqu'un finira par biaiser avec moi. » Tout cela, Henry l'entendit raconter à son père. Lequel ne répondit pas.

Elle fit claquer marmites, poêles et assiettes aux quatre coins de la cuisine. Puis le silence retomba. Henry se glissa dans l'escalier. Il n'arrivait plus à supporter la tristesse de cet appartement.

9

« Tu vois le vieil homme là-bas, celui qui soulève son chapeau pour personne ? » demanda M. Hairston, planté derrière la vitrine. « Il a l'air d'un idiot. »

Le garçon posa son plumeau et alla se poster à côté du patron.

« C'est M. Levine. »

Une expression de surprise sur le visage, M. Hairston demanda : « Et qui est M. Levine ? » Cela dit avec brusquerie. « Je sais que c'est un juif à cause de son nom, mais qui est-ce ? » Il prit un air menaçant, farouche, apparemment furieux qu'Henry connaisse un juif.

« Il habite dans la maison de fous, mais il n'est pas fou », répondit celui-ci. « Il a été en camp de concentration pendant la guerre. Son village a été détruit par les nazis. Sa famille a été tuée, sa femme et ses enfants, tous ses parents. »

M. Hairston ne fit aucune réponse. Il continua à regarder par la vitrine. « Regarde, il soulève encore son chapeau. À mon avis, il fait *bien* d'être à la maison de fous. »

« C'est un réflexe », répondit Henry, reprenant l'expression de Georges Graham. « Au camp, les gardiens l'ont tellement obligé à enlever sa casquette – d'ailleurs ils le frappaient s'il ne le faisait pas – que maintenant il fait ça tout le temps. » Henry eut l'impression que son explication était bancale. « C'est un brave vieux. »

« Fais attention aux juifs », l'avertit M. Hairston. « Même aux braves vieux. »

M. Hairston détestait-il tout le monde ? se demanda Henry.

« Il a beaucoup de talent », reprit-il.

« Du talent ? Quel genre de talent peut avoir un vieux juif de la maison de fous ? »

« Il reconstruit son village qui a été occupé par les nazis. Il sculpte les maisons, les granges et les magasins. Il prend des petits morceaux de bois et les fait ressembler aux gens avec qui il a grandi. C'est un beau village. »

« Eh bien, j'espère que ça l'empêchera de faire un mauvais coup. On ne peut jamais savoir avec ces gens-là. »

Plus tard, lorsque Henry eut fini d'épousseter les boîtes de conserve et de faire reluire les fruits, M. Hairston le fit venir près de la vitrine. Il espérait que l'épicier allait discuter du monument, s'il en avait déjà parlé à M. Barstow.

« Dis-m'en plus sur ce vieux. Sur ce village qu'il construit. »

Encouragé par l'intérêt de l'épicier, Henry répéta tout ce que le géant lui avait raconté à propos des nazis et de ce qui était arrivé à la famille de M. Levine. Passionné, il décrivit le travail assidu du vieil homme sur les maisons miniatures et les figurines.

« Cinq ou six heures pour chaque figurine ? » demanda M. Hairston, visiblement impressionné. « Combien de statuettes ? Combien de bâtiments dans le village ? »

« Beaucoup », dit Henry, se livrant à un calcul

mental rapide pour en évaluer le nombre. « Tout un village. Des petits enfants, des pères, des mères, et des *pépères* et des *mémères*. » Il avait utilisé le mot qui désigne les grands-parents en français. « Les bâtiments ne sont pas trop difficiles à faire, mais les petites statuettes prennent beaucoup de temps. Vous devriez le voir quand il les sculpte, M. Hairston. C'est un grand artiste. Les figurines ressemblent exactement aux gens qu'il connaissait. »

« Intéressant », dit M. Hairston. Et sans rien ajouter de plus, il envoya Henry balader d'un geste sec et resta derrière la vitrine, silencieux et songeur.

Lorsqu'il se remit au travail, Henry se sentit mal à l'aise, un peu comme s'il avait trahi le vieil homme.

10

Après qu'il eut aidé à décharger les marchandises du camion de livraison, Henry s'attarda un moment sur le monte-charge pour laisser l'air frais lui baigner le visage.

Un bruit provenant du fond de la réserve le fit se retourner et il vit Doris, debout dans l'ombre de la cage d'escalier. Elle émergea lentement, marchant avec précaution, comme si un déplacement trop rapide risquait de lui désarticuler les os et de les fracasser sur le sol.

« Ça va ? » demanda Henry dans un souffle. C'était le genre de personne à qui l'on s'adresse en murmures.

Elle acquiesça, d'un geste presque imperceptible qui la crispa, comme si un banal mouvement de la tête lui était douloureux.

« Ton père dit que tu tombes beaucoup », dit Henry. « Tu es encore tombée ? C'est pour ça que ça te fait mal de marcher ? »

« Ça ne me fait pas mal », répondit-elle, un peu provocante, mais à peine, tentant apparemment de se convaincre elle-même autant qu'Henry. Puis, elle détourna les yeux. « Si, ça fait mal… »

« Comment tu es tombée ? »

Elle lui lança un regard perçant, ouvrit la bouche, sur le point de répondre, puis se mordit les lèvres.

Henry eut un soudain sursaut de clairvoyance. « Tu n'es pas tombée, c'est ça ? »

Elle posa sur lui ses yeux sombres et profonds, mais ne répondit toujours pas.

« Tu aimes lire ? » finit-elle par lui demander. « Mon père me laisse aller à la bibliothèque quand j'en ai envie. » Il y avait un soupçon de fanfaronnade dans sa voix.

Henry ne répondit pas.

« Je suis maladroite », dit-elle, haussant les épaules avec un soupir. « Je laisse tomber les choses quelquefois et ça le rend furieux. »

Henry éprouva une bouffée de tendresse pour cette fille frêle et pathétique. Il faillit avancer la main pour lui caresser la joue.

« Fais attention à mon père », lui dit-elle sur un ton de mise en garde, à voix basse cette fois encore, un œil vers la porte du fond du magasin.

« Il me fera mal aussi ? » demanda Henry, stupéfait de ce qu'elle venait de dire.

« Il connaît une foule de façons de faire mal », continua-t-elle. « Il ne bat jamais ma mère, mais il lui fait mal en paroles, avec les choses qu'il lui dit... »

« Qu'est-ce qu'il dit ? »

« Qu'elle est idiote et affreuse. Et trop grosse. Qu'elle mange trop. »

Quel genre d'homme était ce M. Hairston pour frapper sa fille tellement fort que ça la blessait et pour dire à sa femme qu'elle était bête et affreuse ?

Peut-être Doris vit-elle le reflet de ces questions dans son regard, car elle répondit : « Mon père m'aime et il aime ma mère. Mais il veut que nous soyons parfaites. » Toujours cette légère provocation.

« Mais il n'est pas parfait, lui », protesta Henry. « En fait, il est… »

Doris attendit qu'il en dise davantage, mais il ne savait pas ce qu'était M. Hairston, et il haussa les épaules.

Alors, Doris, de nouveau timide, s'éloigna, presque ratatinée sur elle-même. « Je dois y aller », lui dit-elle, la voix basse, à peine audible. « Je n'aurais pas dû te raconter ce que je t'ai dit. Essaie de l'oublier… »

Elle tourna le dos et Henry la regarda se diriger d'un pas traînant, péniblement, vers l'escalier. Les marches craquèrent lorsqu'elle les grimpa. On aurait dit le bruit de ses os meurtris.

C'était une pensée insensée, mais le son s'attarda dans les oreilles d'Henry tout le reste de l'après-midi.

11

« Reste un moment quand j'aurai fait ma caisse », dit M. Hairston. « J'ai quelque chose à te montrer. »

D'ordinaire, Henry était libre de quitter le magasin quand la sirène de six heures retentissait à la caserne de pompiers du bas de la rue, marquant la fin d'une journée de travail. Lorsqu'il passait la porte, M. Hairston était toujours occupé à fermer sa caisse, comptant l'argent qu'elle contenait et consignant différentes sommes dans un grand livre.

« Prends un Baby Ruth en attendant. » Les Baby Ruth étaient ses bonbons préférés et c'était ceux que l'épicier lui offrait dans les grandes occasions. Il savait que cette barre de caramel gâcherait son dîner, mais il eut des scrupules à refuser l'offre de son patron. Il y avait des chances que le dîner soit retardé de toute façon, parce que sa mère faisait souvent des heures supplémentaires à l'heure du repas.

Tandis que l'enfant mastiquait avec indolence, le caramel collé au palais, M. Hairston continua à rentrer des chiffres dans son livre. Finalement, il le ferma et regarda Henry, une expression étrange sur le visage. Enfin, étrange pour ce qui le concernait, car il faisait une mine presque agréable, adouci tout à coup, et non amer comme d'habitude.

Il ouvrit un tiroir du comptoir et en sortit une feuille de papier. Il la posa à plat et fit signe à Henry de venir y jeter un œil.

Sur le papier, un dessin noir et blanc représentait un monument au nom d'EDWARD CASSAVANT, gravé en bas en lettres fantaisie. Plus haut, une batte et une balle de base-ball s'encastraient dans la pierre : le battoir dressé comme Henry l'avait imaginé et, à sa base, la balle cousue, légèrement balafrée, comme une vraie.

La gorge d'Henry se serra. Les mots lui manquaient pour décrire une chose aussi belle. Détachant à regret les yeux du croquis, il regarda l'épicier avec gratitude.

Puis il détourna les yeux, à l'idée d'une pensée maussade. *Comment on pourrait payer un monument pareil ?*

« Eh bien, qu'en penses-tu ? »

Henry décela de la passion dans la voix de l'épicier, une nuance qu'il n'avait jamais entendue auparavant. M. Hairston attendait sa réaction, les yeux rivés sur lui, et il se sentait gêné. Il n'avait encore jamais rencontré ce M. Hairston-là.

« C'est beau », répondit-il, d'un mot mal choisi. « Mais combien ça va coûter ? »

M. Hairston haussa les épaules et ouvrit le livre de comptes dans lequel il se plongea de nouveau, examinant les écritures, comme à la recherche d'une erreur qu'il aurait commise. Il marmonna quelque chose qu'Henry ne saisit pas.

« Je ne crois pas qu'on peut se payer un monument comme ça », dit Henry, à contrecœur, reposant le croquis sur le comptoir.

M. Hairston leva les yeux et toussa pour

s'éclaircir la voix. « On pourrait peut-être trouver un arrangement… »

Henry était sur le point de s'éloigner lorsque la réponse de M. Hairston l'avait frappé comme un éclair, foudroyante. *Frappé*, c'était bien le terme. Il n'y avait pas eu de tonnerre, pas d'orage, rien que : *on pourrait peut-être trouver un arrangement.*

Puis, considérant Henry avec cette douceur que l'enfant ne réussissait toujours pas à identifier, M. Hairston poursuivit : « Nous verrons. »

Paroles magiques. *Nous verrons.* Ce que son père et sa mère disaient lorsqu'ils ne voulaient pas dire *oui* tout de suite. *Nous verrons* ne signifiant pas *non.* Ni *oui* non plus, bien entendu, mais ces mots étaient du pays de *sans doute* et *peut-être*, où tout était possible. *Nous verrons*, mots d'espoir à un souffle de *oui.*

Henry parvint à rester calme, les pieds rivés au sol, résistant au désir de crier, de danser. Il allait demander à l'épicier s'il pouvait montrer le croquis à sa mère, lorsque celui-ci reprit : « Très bien, file. » Il retrouvait sa brusquerie habituelle. « Mon dîner est en train de refroidir là-haut. C'est une cuisinière atroce, ma femme, mais tant que c'est chaud, c'est pas si mauvais ... »

Sur le chemin du retour, Henry décida de ne pas parler du croquis à sa mère. Pas avant que ce *nous verrons* ne devienne un *oui*. Pour ne pas la décevoir si ça n'arrivait pas.

12

Chez lui, il trouva sa mère assise au salon, dans sa plus belle robe bleue, ses talons blancs aux pieds, un chapeau de paille blanc sur la tête. Son père aussi s'était habillé : il avait son costume gris des dimanches, et une cravate rouge flottait, sanglante, sur sa chemise blanche. On n'était pas dimanche mais jeudi, et Henry eut l'impression que la Terre s'était tout à coup échappée de son orbite.

« On va quelque part ? » demanda-t-il, non sans appréhension, car les lèvres de sa mère, durcies par le rouge qui tranchait sur la pâleur de sa peau, faisaient une ligne sinistre.

« Ton père va à l'hôpital. »

À la maison de fous ? Ce fut ce qu'il eut envie de demander au souvenir des sarcasmes de Jackie Antonelli. Mais il se contenta de dire : « Ils vont l'aider à aller mieux là-bas ? »

« J'espère que oui. S'il te plaît, ne te tracasse pas, Henry. C'est ce qu'il y a de mieux pour lui. »

« Quel genre d'hôpital ? » Henry avait baissé la voix, tout en sachant que son père l'entendait parfaitement, parce qu'il était assis près de la table, à quelques mètres à peine. Mais il fallait qu'il sache.

« Pas comme à côté », répondit sa mère, comprenant sa crainte. « C'est un hôpital normal, mais ils ont un service pour les gens comme ton père qui ont besoin d'une aide particulière. »

Son père intervint. « Ça ira, Henry. Écoute ta mère. »

« Ce dont tu dois te souvenir, Henry, c'est ce que je t'ai dit », continua sa mère. « Sa tristesse est une maladie et il y a des médicaments pour soigner les maladies. »

« Il ne peut pas prendre ses médicaments à la maison ? » demanda Henry, révolté à l'idée que son père se retrouve dans le service spécialisé d'un hôpital.

« Eh bien, il ne s'agit pas que de médicaments,

il lui faut davantage que des cachets », dit sa mère qui, à présent mal à l'aise, jouait avec le fermoir de son sac à main blanc.

« Qu'est-ce qu'il lui faut ? » demanda Henry, résolu à connaître toute la vérité, craignant les secrets, mais redoutant pourtant de savoir, craignant même à cet instant de regarder son père.

« Une thérapie. »

Un mot inquiétant, qui grondait, mystérieux, menaçant. « Qu'est-ce que c'est, une thérapie ? »

« Quelque chose pour que ton père sorte de sa tristesse. » Alors, sa voix s'adoucit. « Ne t'inquiète pas pour ça, Henry. C'est pour son bien. » *Son bien.* C'était là aussi des mots alarmants, des mots que sa mère prononçait quand il devait prendre des médicaments amers pour soigner un rhume ou qu'il devait faire une chose désagréable. *Pour ton bien.*

« Ça coûtera cher ? »

« On se débrouillera. Je vais voir si je peux doubler mes heures de travail pendant quelque temps... »

Dehors, un klaxon retentit.

« Le taxi », dit son père.

« Où est l'hôpital ? » demanda Henry, au bord de la panique. « On peut aller te voir là-bas ? »

Son père regarda sa mère.

« C'est ici, à Wickburg, dans le sud de la ville », répondit celle-ci. « Nous pourrons aller le voir en bus, mais pour l'emmener il vaut mieux prendre un taxi. »

Son père s'approcha et lui embrassa le front. Il avait les lèvres froides. « Sois gentil avec ta mère », murmura-t-il.

Quand ils furent partis, Henry tambourina à coups de poing sur le dossier du canapé. Ça valait mieux que de pleurer. Puis il pleura quand même.

13

Le lendemain après-midi, M. Hairston ne prêta pas attention à Henry lorsque celui-ci se présenta pour travailler. L'enfant le salua de son habituel « Hello, Monsieur Hairston, comment ça va ? » mais l'épicier se contenta de grommeler, tout en regardant fixement par la fenêtre.

Henry commença ses corvées sans avoir à se les faire expliquer : balayer, réarranger les fruits et les légumes que les clients du matin avaient dérangés, déballer les six cartons de soupe Campbell entreposés sur le monte-charge de l'arrière-boutique. Entre les convoyages de cartons dans le magasin, il ne cessa de guetter Doris, mais elle ne se montra pas.

Henry essaya de ne pas penser à son père, parti à l'hôpital. *Pense au croquis*, se dit-il, *si jamais, M. Hair-*

ston te le montrait encore une fois. Tout en s'acquittant de ce qu'il avait à faire, Henry lança bien quelques regards en direction de M. Hairston, mais entre chaque client, l'épicier restait fidèle au poste derrière la vitrine et, comme à son habitude, marmonnait ses commentaires aigres sur les passants.

Chaque après-midi, lorsque les affaires retombaient et que les clients se faisaient rares, il disparaissait dans la réserve à viande, où il découpait des steaks dans des demi-carcasses de bœuf et hachait les restes pour les hamburgers. Henry savait que ce serait l'occasion d'ouvrir le tiroir du comptoir pour regarder le croquis. Pourtant, l'après-midi s'écoulait et l'épicier s'obstinait à rester à la vitrine.

Henry se glissa dans la réserve pour vérifier les provisions de steaks et de hamburgers. Il fut content de voir qu'il ne restait qu'une ou deux livres de viande hachée. Il espérait que Mme Carson viendrait. Elle en achetait toujours au moins trois livres pour sa grande famille. Époussetant les étagères proches de la porte d'entrée, Henry levait des yeux pleins d'espoir lorsque les clients entraient, mais Mme Carson ne se montra pas.

Enfin, M. Hairston lui toucha l'épaule. « Les hamburgers. » Il fit un signe de tête en direction de la réserve. « Appelle-moi. » Ce qui signifiait, bien entendu, qu'Henry devrait appeler l'épicier quand un client entrerait dans le magasin, ordre inutile que M. Hairston ne négligeait jamais de donner.

Henry reprit son chiffon. C'était un mystère pour lui, cette poussière qui venait d'on ne sait où jour après jour. Tout en travaillant, il se dirigea vers le comptoir, s'arrêta un instant et regarda la réserve, convaincu que l'épicier ne verrait pas immédiatement la caisse s'il sortait sans prévenir.

Dans des affres exquises, Henry essaya de gagner du temps, impatient de jeter un œil au croquis, mais pétri de culpabilité à l'idée d'agir dans le dos de l'épicier. Et si un client entrait et que M. Hairston sortait de la réserve au même moment ? Il se rappela que le comptoir contenait également le livre de comptes de l'épicier ainsi que d'autres objets et qu'il lui faudrait probablement fouiller pour trouver le croquis. Pourtant, cela l'attirait irrésistiblement.

Une minute passa, une deuxième, pendant

qu'Henry regardait la pendule accrochée au mur. Aucun client n'entra. Il entendait, faiblement, le hachoir à hamburgers qui marchait. Ses doigts touchèrent la poignée du tiroir. Le hachoir se tut, et il tourna les yeux vers la réserve. Il jeta un coup d'œil par la vitrine. Pas de clients en vue. Il tira le tiroir de sous le comptoir, lentement, crispé par le grincement des glissières de bois l'une contre l'autre. Il baissa les yeux. Par miracle, il aperçut immédiatement le croquis posé sur le livre. Puis il poussa un gémissement. Pas exactement un gémissement, mais un son funeste qui s'échappa de ses lèvres.

La raison de ce cri funeste?

Un terrible X, des lignes noires au crayon gras, entrecroisées, balafrant le croquis. Les lignes crues d'une annulation qui périmait également les espoirs d'Henry de voir ce croquis accéder à une forme de réalité.

Plus tard, alors qu'Henry retirait son tablier et se préparait à partir après sa journée, M. Hairston lui annonça qu'il serait renvoyé à la fin de la semaine.

14

Voici en réalité ce que lui dit M. Hairston : « La maison n'aura plus besoin de tes services. »

Il s'exprima dans les formes, comme s'il s'était adressé à une personne placée au-dessus d'Henry, un peu en retrait.

« Nous sommes mercredi. Samedi sera ton dernier jour de travail. »

Au début, Henry refusa d'admettre le sens de ces paroles. Son esprit se vida, comme un tableau qu'on efface subitement. Puis leur signification s'éclaircit et son corps s'affaissa, comme si l'air en avait été entièrement aspiré.

« J'ai fait quelque chose de mal ? » demanda-t-il, bousculant ses souvenirs pour se rappeler les erreurs qu'il aurait faites. M. Hairston l'avait-il vu regarder le croquis en cachette ? Était-ce une raison suffisante pour le renvoyer ?

M. Hairston tourna le dos comme si Henry n'avait rien dit.

« Pourquoi je suis renvoyé ? » insista Henry, tout simplement furieux, conscient d'avoir bien travaillé au magasin, de ne pas avoir été paresseux, d'avoir donné le meilleur de ses moyens.

« Tu as fait ton temps », déclara l'épicier en se tournant vers la caisse enregistreuse. « Je n'ai plus besoin de toi. » Puis, il considéra Henry d'un regard qui ne recelait aucune trace de miséricorde. « Il te reste à travailler le reste de la semaine. Ne tire pas au flanc pendant ce temps-là. »

Le lendemain matin, assis sur les marches de l'immeuble, Henry entendit ces mots se réverbérer dans son esprit lorsqu'il regarda sa mère qui partait travailler, d'un pas plus lent que d'habitude. Il l'avait entendue s'agiter et se retourner toute seule dans son lit la nuit précédente. Il avait décidé de ne pas lui parler de son renvoi. Pas avant que ça n'arrive réellement. Elle n'avait pas besoin de mauvaises nouvelles supplémentaires ces jours-ci. Si le salaire d'Henry au magasin était mince, le jour de la paye, elle acceptait toujours son argent avec gratitude. « Un petit peu d'argent est toujours utile. Je ne sais pas ce que je ferais sans toi, Henry. » Et voilà que son boulot tombait à l'eau.

Sa mère tourna le coin de la rue et lui fit un dernier signe. À cette distance, elle paraissait assez jolie pour être une star de cinéma. Il était content qu'elle soit trop loin pour qu'il puisse voir les cernes bleus qu'elle avait sous les yeux et les mèches grises qui étaient apparues dans ses cheveux noirs.

Il s'attarda encore un moment sur les marches à observer l'animation du quartier, tandis que peu à peu les gens partaient à leur travail. Avant huit heures, il descendit la rue en se baladant, car il n'avait pas envie de voir le vieil homme sortir de la maison de fous.

Il passa les heures suivantes à errer mollement dans les rues, plein de soupirs, shootant dans les cailloux des trottoirs. Il tuait le temps. Il s'arrêta ici et là pour observer les homards dans la vitrine d'un poissonnier, marcha sur le garde-fou d'acier de la voie B & M puis alla s'asseoir sur le pont qui surplombait Quinsig River, balançant les jambes dans le vide tout en regardant un homme peindre un bateau.

Il fut tenté d'aller voir son père, bien que sa mère lui ait dit que les visites étaient interdites pendant la pemière semaine de thérapie. Il réalisa sombrement qu'il ne savait pas où se trouvait l'hôpital, ce qui lui donna l'impression que son père était encore plus loin de lui.

Finalement, il se dirigea vers le centre d'artisanat, bien préférable à l'appartement où un sandwich au fromage insipide l'attendait pour le déjeuner. Et pire que le sandwich desséché, les pièces vides.

Des applaudissements et des acclamations l'accueillirent lorsqu'il ouvrit la porte. Stupéfait, il crut tout d'abord que les applaudissements, chose improbable, lui étaient destinés. En s'avançant dans la pièce, il vit les gens du centre rassemblés autour de M. Levine qu'ils entouraient à son établi.

Georges Graham le repéra sur le pas de la porte et lui fit signe d'approcher. « Grande nouvelle, Henry », s'écria-t-il. « M. Levine a gagné le premier prix de la ville pour la création de la meilleure œuvre d'art. »

Le vieil homme inclina la tête avec modestie, une main tendue vers l'une des petites figurines du village. De l'autre main, il souleva son chapeau. Tout cela sous les regards de fierté et de plaisir que lui lançaient les gens.

« Son village va être exposé à l'hôtel de ville », dit le géant. « Dans une vitrine. Il aura le ruban bleu. Une grande cérémonie. Le maire et le conseil municipal seront là. Les journalistes aussi, et il y aura peut-être un reportage télévisé... »

« Félicitations », dit Henry au vieil homme. Des larmes emplirent les yeux de ce dernier, mais ce n'était pas celles du premier jour, car il avait un regard joyeux.

« Tu es un bon garçon », répondit M. Levine, prononçant ces paroles avec lenteur mais distinctement.

« Tu vois ? » dit le géant. « Il a répété, il a envie de mieux te parler. »

« Invitez... invitez », reprit le vieil homme en adressant au géant un regard implorant.

« Oh, il veut t'inviter à la cérémonie. Samedi après-midi. On y va tous. À deux heures. »

« Tu viens ? » demanda le vieil homme à Henry.

Henry acquiesça, puis il regarda le village et les minuscules figurines en qui il voyait à présent des amies.

« Ce village », reprit le géant, « rappellera à tout le monde ce qui s'est passé pendant la guerre. Mais il rappellera aussi les survivants. Et comment le Bien peut surmonter le Mal. Voilà ce que ce village symbolise. » Il sembla confus tout à coup, et de fait il rougit. « Assez de discours… Place aux célébrations. »

À ce moment, comme sur un signal, les dames du centre apparurent avec un gros gâteau blanc qui faisait facilement soixante centimètres, surmonté d'une bougie flamboyante.

M. Levine s'avança. Son regard dansait d'enchantement, et pendant quelques instants Henry oublia qu'il était renvoyé et que son père était en thérapie à l'hôpital.

15

Lorsqu'il arriva au magasin, M. Hairston était en train de servir Mme Lumpke, coiffée de son pot de fleurs comme d'habitude. Ce jour-là, elle faisait des provisions de soupe Campbell à la tomate. Henry sortit sa commande sur le trottoir et déposa ses deux sacs surchargés dans un landau en osier. Mme Lumpke n'avait pas de bébé, mais elle se servait de la voiture d'enfants pour faire ses courses. Elle sourit à Henry et celui-ci essaya de ne pas regarder le grain de beauté qu'elle avait sur le visage, d'où sortait un poil noir, semblable à une petite vrille de fil.

Lorsqu'il fut de retour dans le magasin, M. Hairston répondit par un grognement au « Bonjour» qu'il lui lança. Occupé à faire ses écritures à la caisse, l'épicier ne leva pas les yeux.

Henry alla à la cave et commença à mettre les pommes de terre en sacs. Il travaillait avec indifférence, sans tirer aucune fierté de son travail : il remplissait les sacs comme un automate, les pesant sans conviction, ajoutait ou retirait quelques pommes de terre jusqu'à ce que la balance affiche quinze livres. Il ne prêta même pas attention aux rats.

La porte du haut de l'escalier s'ouvrit et la lumière éclaboussa le bas des marches. Il leva les yeux et vit la silhouette de M. Hairston se découper dans l'embrasure.

« Tu veux garder ton boulot ? » La voix de l'épicier résonna comme s'il avait hurlé dans un tunnel.

Henry hocha la tête, les yeux fixés sur l'ombre que faisait le corps de M. Hairston.

« Réponds par oui ou par non », ordonna la voix.

Henry avala sa salive et s'éclaircit la voix. « Oui. » Puis, il répéta : « Oui. » Car il n'avait pas envie que l'épicier se méprenne.

« Bon », dit M. Hairston. « Mets la gomme cet

après-midi. Avant que tu partes, je te dirai comment tu peux garder ta place. »

Cet après-midi-là, les clients affluèrent au magasin et les sonneries incessantes de la caisse enregistreuse rythmèrent leurs allées et venues. M. Hairston les servait avec empressement, échangeant des amabilités sur le temps, faisant de petites plaisanteries, riant de temps à autre. Henry ne l'avait jamais vu aussi enjoué. Après le départ des clients, il ne lâchait pas ses méchancetés habituelles. Il chantonnait, absorbé par ses calculs.

Finalement, la journée terminée, M. Hairston ferma la porte et baissa le store qui affichait FERMÉ à l'extérieur. Henry attendit à côté de la caisse. M. Hairston alla derrière le comptoir et ouvrit le tiroir. Il en retira le croquis qu'il leva pour qu'Henry puisse le voir. L'horrible X avait été effacé : seules quelques traces rappelaient encore son existence.

« Tu vois que le X a été enlevé ? »

Henry acquiesça, perplexe.

« Tu as fouiné, pas vrai ? Je savais que tu serais sournois et que tu irais le regarder en cachette. C'est pour ça que j'ai fait ce X dessus. On n'apprécie une chose que lorsqu'on pense l'avoir perdue. Je voulais que tu l'apprécies. »

Mais je l'appréciais vraiment, pensa Henry, curieux des raisons qui pouvaient pousser M. Hairston à faire une chose pareille.

L'épicier plaça le croquis sur le comptoir, posant sur Henry un regard inflexible.

« Tu ne veux pas perdre ta place, hein ? »

Henry secoua la tête en avalant péniblement sa salive, comme s'il avait quelque chose de coincé dans la gorge.

« Tu as aussi envie d'un monument, ce magnifique monument que voici » (il montra le croquis) « pour la tombe de ton frère. »

Henry hocha la tête, méfiant de ce qu'il aurait pu dire.

« Parfait », dit l'épicier. « Tu peux garder ton job. »

Le flamboiement d'un soleil de fin d'après-midi traversait la vitrine, révélant les atomes de poussière de l'atmosphère, de cette poussière qui se déposerait plus tard sur les étagères.

« La tombe de ton frère ? J'ai parlé à l'ami qui a dessiné le croquis. Il fera ce monument. Avec la meilleure pierre d'une carrière du Vermont. Ce sera mon cadeau. »

Henry était abasourdi. *Mais pourquoi ?*

La question résonna dans son esprit avant qu'il ne la pose. « Mais pourquoi ? »

« Pour une raison toute simple. »

Quelle raison simple ?

« Qu'est-ce qu'il faut que je fasse ? »

« Ce que tu as à faire est très simple », répondit M. Hairston, le dos au mur, les yeux mi-clos, comme s'il se représentait ce qu'Henry devait faire. « Ça ne demande aucun talent particulier, juste quelques efforts. Peut-être un peu de ruse. Je sais que les Canucks* ne sont pas très fameux pour ça, ils sont un peu stupides en fait, pas aussi fourbes que les youpins. Mais on l'est toujours un peu… »

Henry attendait, esquivant les injures d'un battement des paupières, pas très sûr de connaître le sens de *fourbe*.

« Voici ce que je veux que tu fasses », poursuivit M. Hairston en le regardant droit dans les yeux.

* Terme péjoratif utilisé par les Canadiens pour désigner les Canadiens francophones.

« Je veux que tu ailles au centre d'artisanat un jour de la semaine prochaine. Tu choisiras toi-même. Dans l'après-midi. »

« Mais je travaille pour vous, l'après-midi. »

« Ce jour-là non. Mais je te paierai de la même façon. »

« D'accord », répondit Henry, médusé, les sourcils froncés, un peu mal à l'aise.

« Quand le centre fermera à la fin de la journée – tu m'as dit qu'il fermait à six heures, non ? – tu resteras en arrière, sans qu'on te voie. »

« Mais comment je peux faire ça ? On me verra si je ne pars pas. »

« Cache-toi », lança M. Hairston, excédé tout à coup. « Il doit y avoir un endroit où se cacher. Tu es petit. Peut-être dans les toilettes. Sinon, il doit y avoir une remise. »

« Il y a une réserve », dit Henry. Mais il regretta aussitôt d'en avoir parlé, parce qu'il n'était pas tellement sûr d'avoir envie de se cacher où que ce soit dans le centre.

« Parfait. L'important c'est d'y rester, sans être vu, quand les autres partiront. »

Henry lança un coup d'œil par la vitrine ; dans son complet de serge bleue, M. Selsky balayait le trottoir devant son magasin, de l'autre côté de la rue.

« Tu attends un peu. Tu t'assures que tout le monde est parti. À ce moment-là tu sors... »

Henry s'imagina dans la pénombre nocturne du centre. *Comme une maison hantée,* pensa-t-il.

« Après, tu trouves un marteau. Il doit y avoir un marteau là-bas, non ? Tu as dit qu'ils avaient des outils de toutes sortes. Très bien, trouve un marteau. Ou même une hache. Quelque chose comme ça... »

Était-il devenu fou ?

« Qu'est-ce que je fais avec le marteau ? »

« Je veux que tu t'en serves pour écrabouiller le village du vieux. Écrase-le, casse-le... »

Henry eut un mouvement de recul, comme si M. Hairston, en le frappant à l'estomac, lui avait coupé le souffle.

« Qu'est-ce qui se passe ? » demanda ce dernier, les yeux plissés, les sourcils froncés sur l'arête de son nez.

Henry était incapable de parler, crispé par la vision du village adoré du vieil homme, écrasé et cassé à coups de marteau.

« Ça va, ça va », dit M. Hairston. « Ça a l'air horrible quand je le dis comme ça. Mais on ne parle pas d'un vrai village. C'est une réplique. »

« Je ne peux pas faire ça », parvint à bredouiller Henry.

« Bien sûr que si. Ce n'est pas comme si tu détruisais une vraie propriété. Ce village est un jouet. Les figurines que le vieux a faites aussi. Tous les jouets se cassent au bout d'un temps. »

« Mais il ressemble au village du vieil homme. Là où il a grandi. Là où sa famille habitait. Ça représente le monde entier pour lui… »

« Écoute, ça lui fera du bien », reprit M. Hairston. « Tu m'as dit qu'il était sur le point de le terminer, n'est-ce pas ? Que va-t-il faire maintenant ? Il sera malheureux s'il n'a plus rien à faire. De cette façon, il pourra reconstruire son village, le refaire entièrement, il y prendra plus de plaisir. Tu te rappelles, tu disais qu'il se perd dans son travail ? Qu'il est heureux quand il se sert de ses outils ? Eh bien, il aura une nouvelle occasion de s'en servir. Tu vois ? »

Henry ne voyait pas. Mais il imaginait la destruction du village, et c'était une vision horrible, ces bâtiments anéantis, ces figurines brisées.

Puis, radieux, il entrevit une issue.

« Le village ne sera plus là-bas. M. Levine a gagné le premier prix d'un concours municipal. » Son excitation était à son comble. « Le village va être exposé à l'hôtel de ville. »

« Quand est-ce que ça se passe ? » interrogea l'épicier, suspectant Henry d'inventer tout bonnement des excuses.

« Samedi », répondit ce dernier. « Il va y avoir une grande cérémonie. Le maire y sera. »

Tout de même, M. Hairston ne pourrait pas renier son heure de gloire au vieil homme.

« On a le temps », dit l'épicier. « On est aujourd'hui mercredi. Tu peux faire ça demain soir. Ou vendredi au plus tard. »

« Non ! » Henry avait crié plus fort qu'il n'en avait eu l'intention, et sa réponse, suspendue dans l'atmosphère, résonna à ses oreilles.

Les yeux de M. Hairston étincelèrent. Un moment, Henry craignit que l'épicier ne le frappe réellement. Mais celui-ci se contenta de soupirer et, lorsqu'il reprit la parole, ce fut d'une voix calme, presque douce.

« Ne prends pas de décision maintenant, Henry. Réfléchis-y un moment. Penses-y ce soir. Et pense à ceci : si je ne peux pas compter sur toi pour faire cette petite chose pour moi, comment pourrais-je encore avoir confiance en toi au magasin ? » Puis, il ajouta, plein de regrets : « Tu ne vois donc pas ? Je serai obligé de te laisser partir. Plus de chèques pour aider tes parents. Pas de tombe pour ton frère. » Sa voix se fit tendre, douce. « Et tu sais quoi, Henry ? Il faudra que je fasse courir des bruits sur toi chez les autres commerçants. Qu'on ne peut pas te faire confiance. Les gens ne t'embaucheront plus jamais. Ils ne te laisseront même pas entrer dans leur magasin. » Puis, il continua, dans un murmure : « Le directeur de ton école ? Un ami à moi. Il faudra que je lui dise de te tenir à l'œil. Qui sait ? Peut-être que tu triches en classe. Les gens en qui on ne peut avoir confiance sont souvent des tricheurs. »

Ahuri, Henry écoutait les affreuses paroles de l'épicier, d'autant plus horribles que sa voix était tendre et gentille. Il ne doutait pas une seconde que M. Hairston était capable d'agir exactement comme il avait dit qu'il le ferait.

Ce dernier s'éclaircit la gorge. « Bien », dit-il, comme s'il venait de conclure une affaire satisfaisante avec un client, « voilà comment les choses se présentent, Henry. Bien sûr, rien de tout ça n'est inéluctable. Et ce serait trop dommage d'avoir à le faire. Tout ce que j'attends de toi, c'est de casser un petit village, un jouet. Est-ce trop demander pour tout ce que je vais faire pour toi ? »

Avant qu'Henry ait pu parler – et celui-ci n'était pas sûr d'en être capable – l'épicier leva la main, comme un instituteur réclame le silence. « Non, ne dis rien. Penses-y, Henry, comme je te l'ai dit. Pense à tous les bons côtés, puis aux mauvais. Si tu parlais maintenant, tu pourrais dire des choses que tu regretterais plus tard. Réfléchis ce soir. Chez toi. Dans ton lit. Donne-moi ta réponse demain. »

Henry acquiesça d'un hochement de tête. Son

seul désir était de quitter cet endroit, de fuir M. Hairston et ses propositions, de s'enfuir loin, très loin de son affreux projet.

« Ne dis rien à personne », l'avertit l'épicier alors qu'il se dirigeait vers la porte. « Que tu me rendes ce service ou non, si tu ouvres la bouche, toutes ces mauvaises choses arriveront. Peut-être de pires… »

L'épicier continua, mais Henry avait déjà franchi la porte.

16

Il leva le marteau de forge au-dessus de sa tête. L'outil, énorme, était tellement lourd qu'il faillit le faire tomber à la renverse. De toutes ses forces, il abattit la masse sur le village, écrasant deux maisons et une grange dans une volée d'éclats de bois. Le bruit fut aussi colossal que celui d'une bombe explosant dans sa chute. Il s'arrêta pour inspecter les dégâts avant de relever le marteau et aperçut une figurine qui sortait de la ferme. C'était celle de M. Levine : dans sa course forcenée, il perdait sa casquette et leva un regard horrifié lorsque Henry brandit le marteau.

Dans un grognement de pitié et de terreur, celui-ci s'apprêtait à écraser une autre partie du village, mais cette fois le poids du marteau de forge le fit effectivement tomber à la renverse et il se réveilla dans son lit, le cœur battant, le corps englué dans les draps trempés qui se collaient sur sa bouche et l'étouffaient. Brutalement tiré de son rêve, il se retrouva assis, le corps moite, dans la lumière du clair de lune qui faisait un linceul sur le sol. Ses doigts tremblaient lorsqu'il les passa dans ses cheveux.

Sa mère, qui avait toujours le sommeil léger, comme si une partie d'elle-même restait éveillée en permanence, appela depuis la chambre voisine. « C'est toi, Henry ? Quelque chose ne va pas ? »

Il comprit qu'il avait dû pousser un cri dans son sommeil. « J'ai fait un mauvais rêve, Ma. »

Celle-ci apparut dans l'encadrement de la porte, fantomatique, spectrale.

« Tu veux un chocolat ? »

« Non, ça va. »

Mais ça n'allait pas. Il redoutait de se rendormir, de peur que le rêve ne reprenne et qu'il continue à démolir le village toute la nuit; pendant que le vieil homme fuirait le marteau.

« Ma », reprit-il d'une voix hésitante, songeant qu'à ce moment-là peut-être, dans la quiétude de la nuit, il pourrait lui parler du projet de M. Hairston.

« Quoi, Henry ? Que se passe-t-il ? »

Au lieu de répondre, il se glissa à contrecœur sous les draps. Il était toujours incapable de formuler ce que M. Hairston lui avait suggéré.

« Tu veux me parler de ton rêve ? » dit-elle, entrant dans la chambre, le visage blême au clair de lune, ses yeux sombres pareils à deux petites grottes creusées dans son visage. « On dit que si on raconte un rêve, il ne revient pas. »

Comme il avait envie de lui parler de son rêve ! Et de lui parler aussi de ses dilemmes, de la décision qu'il avait à prendre. Au lieu de cela, il tira les draps sous ses yeux et tenta de se faire tout petit dans le lit.

« Je m'en souviens à peine », dit-il en mentant parce que la vision du vieil homme fuyant sa maison, pris de terreur, lui accaparait toujours l'esprit.

Elle lui caressa la tête et se pencha pour lui embrasser le front. « Je vais rester réveillée un moment. »

Il pensa au lit vide qui attendait le retour de son père. « Je suis désolé, Maman. » Désolé pour tant de choses auxquelles il ne pouvait rien. Et maintenant ce truc atroce que M. Hairston voulait lui faire faire.

« Essaie d'avoir de belles pensées », lui dit sa mère, lissant les draps comme si sa main dansait sur l'eau.

Il tenta de se concentrer sur de belles pensées, recroquevillé dans son lit, attendant le sommeil, mais il était incapable de penser à autre chose qu'à M. Hairston et à son magasin. Il s'était souvent demandé pourquoi M. Hairston l'avait embauché pour travailler à la boutique et pourquoi il lui avait gardé sa place quand il s'était cassé la jambe. Maintenant il savait. Lorsque Henry s'était présenté pour ce job, M. Hairston lui avait demandé : « Es-tu capable d'obéir aux ordres qu'on te donne ? Qu'ils te plaisent ou non ? » Henry avait répondu d'un « Oui » enthousiaste. « Je m'en souviendrai. » Les yeux de l'épicier avaient vrillé ceux d'Henry. Il cherchait depuis longtemps quelqu'un comme Henry et l'avait trouvé.

Juste avant qu'il ne s'endorme, une pensée effleura l'enfant pour la première fois. Mais pourquoi ? Pourquoi M. Hairston voulait-il que le village du vieil homme soit détruit ? Les doigts caressants de la fatigue le frôlèrent cependant, et il se laissa dériver avec gratitude, cédant à la vacuité charitable du sommeil.

17

Le calendrier de M. Hairston, punaisé au mur à côté du casier à cigarettes, était une éphéméride qui affichait la date en gros chiffres noirs et le jour de la semaine en plus petits caractères. Les yeux d'Henry s'y portaient automatiquement dès qu'il pénétrait dans le magasin, et ce jour-là n'y fit pas d'autre exception que le léger choc du *28*, suivi de la commotion plus vive du *Jeudi*.

Lorsqu'il entra, l'épicier leva les yeux, puis retourna à l'addition d'un client. Mais en se dirigeant vers le fond du magasin, Henry sentit son regard qui le suivait. Ou était-ce le fruit de son imagination ? Comment pouvait-on sentir le regard de quelqu'un ? Cela étant, les yeux de M. Hairston n'étaient pas comme ceux de tout le monde.

Henry fila à la cave, content pour une fois

d'avoir à faire les sacs de pommes de terre, attentif aux bruits de pas à l'étage, plein de gratitude pour les clients qui retenaient l'épicier. Finalement, toutes les pommes de terre furent mises en sacs et il remonta à contrecœur.

Plus tard, alors qu'il réarrangeait les fruits et les légumes dans le fond du magasin, il prit conscience du silence qui régnait, signifiant que les clients étaient tous partis. Il entendit les pas de M. Hairston qui quittait la caisse et prenait la direction du fond de la boutique. Enfin, l'ombre de l'épicier tomba sur la pyramide d'oranges.

« Deux choses », dit-il tandis qu'Henry continuait son travail.

« Regarde-moi, mon garçon », lui ordonna l'épicier.

Henry se retourna mais évita son regard, les yeux rivés sur les boutons de sa blouse blanche.

« D'abord, ta mère. »

À ces mots, Henry frémit et se mit subitement à grelotter malgré la poussière et la chaleur du magasin.

« Elle travaille au Miss Wickburg Diner »,

continua l'épicier, une pointe de surprise dans la voix, comme s'il venait de l'apprendre.

« Le propriétaire est un ami », poursuivit-il. « Je ne parle pas du chef d'équipe, un cœur tendre, qui traite les employés comme la famille. Je veux dire le propriétaire. Qui n'accepte pas les âneries… »

Henry attendit, détournant les yeux des boutons, de peur de se laisser hypnotiser s'il se concentrait trop sur eux.

« Il y a quelque temps, le propriétaire a eu des ennuis, il avait besoin d'argent, un prêt. Il est venu me voir et je l'ai dépanné. Voilà ce que les gens devraient faire, s'aider les uns les autres. Tu n'es pas d'accord, Henry ? »

Henry ne répondit pas, croisa brièvement les yeux noirs de l'épicier, avant de revenir aux boutons, remarquant pour la première fois que l'un d'eux, le second en partant du haut, était ébréché.

« Alors je l'ai dépanné. Et il m'a dit : "Si jamais je peux faire quelque chose pour toi, tu n'auras qu'à me le dire." Tu comprends ? » Sans attendre la réponse, il reprit : « Alors, pour ta mère, si je dis au propriétaire de lui donner une augmentation, de lui donner de meilleurs horaires, de la faire passer hôtesse, même, pour qu'elle ne soit plus obligée de servir en salle, il le fera. » Il claqua les doigts. « Comme ça. »

Henry s'arma de courage : il savait ce qui arrivait, il avait toujours su ce qui arriverait, évidemment.

« D'un autre côté, si les choses ne tournent pas rond, alors un mot au propriétaire aura peut-être l'effet contraire. Si je dis : "Renvoie une telle ou une telle", alors il le fera. Bien sûr, je n'aurais pas envie de le faire. Le propriétaire dit que ta mère est une femme très gentille. Une bonne serveuse. Elle mérite une augmentation. Et une promotion. Pourquoi pas – c'est d'accord, Henry ? Tu aimes ta mère, n'est-ce pas ? La balle est dans ton camp… » Il soupira.

« C'est tellement peu, ce que je te demande. Regarde toutes les récompenses, si tu le fais. »

Si c'est tellement peu, pourquoi c'est si important pour vous ? Mais Henry resta muet. Il craignait la réponse, redoutait ce que l'épicier pourrait dire.

« Maintenant, le deuxième point », continua ce

dernier, lançant un regard inquiet vers la porte. Mais personne n'entra.

« Si tu as l'intention de faire cette chose, alors fais-la aujourd'hui, ce soir. Tu as dit que l'exposition serait transportée samedi matin, mais ils pourraient changer d'avis et la bouger demain. On n'est jamais sûr de rien avec les gens. Alors, je n'ai pas envie que tu attendes. » Il regarda sa montre. « Il est presque trois heures maintenant. Tu peux partir dans quelques minutes. »

Sans rien dire, Henry écouta les battements de son cœur. « Que tu le fasses ou non, je veux que tu partes maintenant, à l'instant. Si tu fais ça, alors reviens après. Je t'attendrai ici, dans le magasin, tu verras la lumière. Si tu ne le fais pas, alors ne reviens jamais. » Il mit la main dans la poche de sa blouse et en sortit quelques dollars pliés. « Voilà ta paye de la semaine. » Il fourra l'argent dans la poche de chemise d'Henry. « Je ne veux jamais plus te revoir si tu n'arrives pas à faire ce que je te demande. »

La sonnette annonçant un client retentit enfin et, soulagé, Henry vit Mme Karminski entrer, accompagnée de son petit chien aussi morveux et grincheux que d'habitude.

Quelques minutes plus tard, alors qu'il se dirigeait vers la porte, l'épicier l'interpella. La main sur la poignée, Henry marqua un temps d'arrêt. Il entendit les pas de l'épicier se rapprocher.

« Fais-le », lui souffla ce dernier à l'oreille. « Détruis le village du vieux. »

Henry se retourna, se décala d'un pas, curieux de voir l'expression que l'épicier pouvait avoir après un ordre aussi horrible. Il fut surpris de voir le visage affable et quotidien de M. Hairston, et non une horreur répugnante. Mais il frissonna en ouvrant la porte, comme s'il venait de toucher la peau luisante d'un serpent.

18

Je vais au centre, mais je ne vais pas écrabouiller le village. Je vais y aller, je vais regarder le vieil homme travailler et je parlerai avec Georges Graham, mais je ne ferai pas ce que M. Hairston veut me faire faire.

Content d'avoir échappé à l'épicier et au magasin, Henry fonça à travers le dédale des rues, guettant la douleur qui venait toujours lorsqu'il courait trop vite ou trop longtemps. À la limite de ses forces, il devança la douleur, essoufflé, en nage, la vue brouillée par la sueur. Il finit par s'arrêter près d'un poteau télégraphique. Hors d'haleine, il faisait en respirant un bruit de tissu qu'on déchire.

Appuyé contre le poteau, sans accorder d'attention aux gens qui auraient pu l'observer, il entendit la voix de l'épicier :

« C'est si peu de chose, ce que je te demande

de faire, et pense à toutes ces récompenses. » Un monument pour Eddie, une augmentation et une promotion pour sa mère, son propre boulot sauvé. En réalité, le village du vieil homme n'était qu'un jouet.

Lorsqu'il arriva au centre, il prit de nouveau le temps de retrouver son souffle. En bas de la rue, il aperçut les caïds qui étaient toujours devant le saloon. Ils ne jouaient pas aux pièces cette fois, mais se contentaient de traîner paresseusement. Henry les envia de ne rien faire : pas d'ordres à suivre, pas de sale boulot à accomplir.

Le centre grouillait d'activité et d'agitation ; celui-ci balayait, celui-là lessivait les murs, tandis que les autres travaillaient à leur établi comme d'habitude.

Il n'y avait pas trace du vieil homme, mais Georges Graham vint à la rencontre d'Henry, abandonnant la dame aux cheveux bleus qui façonnait un nouveau visage d'enfant dans l'argile. Elle tirait délicatement les paupières.

Le village du vieil homme n'était pas sous sa housse. Les figurines et les bâtiments luisaient de tout leur éclat sous la lumière voilée de l'abat-jour. « M. Levine a tout fait briller avec une mixture secrète », dit le géant. « Il n'est pas venu aujourd'hui, il se repose, en attendant le grand jour. » Il fit un geste de la main. « Nous sommes en train de briquer la pièce. Un grand événement, Henry, un très grand événement… »

Il se précipita vers un ouvrier qui appelait à l'aide et Henry se mit à inspecter l'atelier du regard. Pour chercher quoi ? Un marteau, juste au cas où. Il était convaincu qu'il ne trouverait pas de marteau adéquat pour ce travail, et qu'il n'aurait donc aucune chance de faire ce que M. Hairston attendait de lui. Il évita de regarder le village du vieil homme.

Tout le monde était trop occupé pour lui prêter attention et il déambula dans le centre sans se faire remarquer, invisible. Il repéra un maillet de bois posé contre le mur, près de la porte de la réserve. Comme un maillet de croquet, mais plus gros et plus lourd, aussi grand qu'un marteau de forge, bien qu'en bois. Henry détourna les yeux, refusant de prendre acte de sa présence.

« Attention ! » cria un ouvrier qui portait une échelle qui lui permettrait d'atteindre une ampoule grillée au plafond.

Henry s'esquiva et se retrouva devant la porte de la réserve. C'était un endroit dans lequel il pénétrait rarement, sans fenêtres, encombré par tout l'attirail du centre. Un coup d'œil à la ronde lui fit constater avec plaisir qu'on l'ignorait toujours. Il ouvrit la porte et se glissa à l'intérieur de la pièce. Il alluma la lumière et vit un amoncellement anarchique de vieux cartons, d'outils dépareillés, de bidons de peinture, de poubelles.

Un endroit idéal pour se cacher.

Le maillet, là dehors, et ici cette cachette. Il se demanda s'il était finalement destiné à accomplir sa mission. Était-ce une si mauvaise mission ? Quelques figurines écrasées que le vieil homme pourrait refaire, comparées à tous les bienfaits qui pourraient arriver. Sa mère, hôtesse plutôt que serveuse…

Il éteignit la lumière et resta immobile, le temps que ses yeux s'accoutument à la pénombre. Lorsqu'il put distinguer les silhouettes et les formes, il se déplaça lentement, avec précaution, vers un tas de cartons. Il buta dans quelque chose et entendit un bruit mat contre le mur. Il s'arrêta, sans un mouvement, puis se glissa dans un coin. Il entassa des cartons les uns au-dessus des autres puis se faufila derrière et s'assit, certain qu'on ne pourrait pas le voir si quelqu'un entrait.

Il calcula qu'il avait deux heures à attendre.

À travers la porte close, il entendait les bruits de l'activité qui régnait dans le centre, brouhaha des voix, bruits de pas, chaises qui raclaient le sol.

Ramenant ses genoux à lui, il les entoura de ses bras et baissa le front. Il se représenta sa mère en tablier de dentelle blanche, conduisant les clients à leur table, leur tendant des menus. Salariée sans plus dépendre des pourboires. Et il se représenta aussi le monument de la tombe d'Eddie, la batte et la balle témoignant de ses prouesses sur le *plate*, de sorte que quiconque irait au cimetière se rappellerait quel grand joueur de base-ball il avait été.

Il ne réalisa qu'il s'était endormi que lorsqu'il se réveilla, comme propulsé par un canon. Il se retrouva au milieu de rien. Le vide, la grisaille, puis l'atelier, les cartons empilés devant lui. Les yeux écarquillés, il écouta. Quelque chose l'avait réveillé – mais quoi ? Il écouta encore, le cou tendu. Alors il l'entendit : un léger grattement, tout près, puis le raclement de petites pattes qui s'enfuyaient. Il frissonna : il y avait un rat dans la réserve. Il se rappelait à présent les histoires que Georges Graham lui avait racontées, les rats qui sortaient la nuit pour ronger les pinceaux et les toiles. *Il faut que je sorte d'ici.*

À l'aveuglette, il trébucha tout d'abord avant de trouver son chemin jusqu'à la porte. Il l'ouvrit avec précaution, jeta un œil à l'extérieur et, à la lueur d'une petite ampoule qui luisait faiblement près de la porte d'entrée, vit le centre désert. Les housses qui recouvraient les chevalets et les établis leur donnaient des airs de fantômes de toutes formes et de toutes tailles. Son regard tomba sur le maillet.

Si peu de chose, avait dit l'épicier.

Il ramassa le maillet et, les jambes encore engourdies après son sommeil inconfortable, s'approcha de l'établi du vieil homme. Le maillet était lourd, aussi il le posa. Il enleva le drap, en prenant garde de ne pas déranger les figurines. Laissant la housse tomber doucement par terre, il contempla le village à la faible lueur de l'ampoule éloignée. Le village et ses habitants étaient pris dans une sorte de lumière crépusculaire. Il toucha la figurine de l'homme en petit garçon, une casquette bleue sur la tête et vêtu d'une veste sombre. Un jouet, vraiment Toutes ces figurines, des jouets. Pas un village réel, et pas des gens réels.

Ne réfléchis pas. Fais-le.

Il ramassa le maillet. Il le leva au-dessus de sa tête. Le poids le déséquilibra légèrement et il vacilla un peu. La transpiration perla à son front comme de petites explosions jaillies des pores de sa peau. Subitement, il eut les cheveux trempés et une boucle humide lui barra le front. Serrant davantage le maillet tout en le maintenant en l'air, il baissa les yeux sur le village.

Si peu de chose. Tu n'as rien à faire. Laisse faire le maillet. Laisse-le tomber, comme une bombe atomique qui tombe d'un avion.

Le sang, passant de ses bras brandis au-dessus de sa tête à ses épaules, inonda son cœur qui se mit à battre dangereusement dans sa poitrine.

Vas-y.

Mais il ne pouvait pas.

Il ne pouvait pas bouger non plus.

Il resta figé, comme une statue dans un parc ou une église, absolument incapable de bouger, le corps entier envahi par la douleur à présent, les tempes battant au rythme de son cœur. Piégé, comme pour l'éternité.

Alors, sur sa gauche, il vit quelque chose passer en flèche dans le coin de son champ de vision. Baissant les yeux, incapable de tout autre mouvement, il vit un rat bondir sur l'établi et s'insinuer entre les bâtiments et les figurines. Henry bondit à son tour, stupéfait, hors d'haleine. Lâchant le maillet, il le regarda avec horreur s'écraser sur le village et faire voler la ferme en éclats, avant de mettre les figurines sens dessus dessous, dont la mère du vieil homme qui dépassait d'une fenêtre. Les autres figurines, y compris celle du vieil homme enfant, se bousculèrent en tombant ; puis l'établi lui-même se cassa en deux, comme si un tremblement de terre avait creusé une crevasse à sa surface, dans laquelle les bâtiments et les figurines disparurent.

Un son jaillit du plus profond de lui… *Ahhhhh!…* comme celui que le vieil homme avait lâché le jour où Henry lui avait parlé de la mort d'Eddie, le cri d'angoisse d'un cœur meurtri qui résonna dans le centre alors qu'il continuait à regarder le village détruit. Ce dernier se brouilla devant ses yeux remplis de larmes.

Le silence de la pièce était presque assourdissant.

Sors d'ici.

Va-t'en. Loin.

Il tourna le dos aux débris de l'établi, incapable de contempler plus longtemps l'horreur de ce qu'il avait accompli. D'une démarche d'automate, il alla jusqu'à la porte, les jambes aussi raides que des échasses de bois. *Je ne voulais pas.*

Mais il l'avait fait, en fin de compte.

19

Des trombes d'eau l'accueillirent sous l'orage lorsqu'il se retrouva dans la rue lugubre et déserte, que la lueur d'un éclair illumina soudainement. Il se recula, collé contre la porte.

Il savait qu'il ne pouvait pas prendre le risque de traîner dans les parages du centre. Il était possible que quelqu'un le repère maintenant et se rappelle sa présence plus tard. Malgré un nouvel éclair et le coup de tonnerre qui s'ensuivit aussitôt, il s'élança sur le trottoir, les épaules voûtées pour se protéger de la pluie et d'une rafale de vent brutale. La respiration de plus en plus difficile à la longue. Au détour d'une rue, hors d'haleine, il se retrouva nez à nez avec M. Hairston.

« Par ici », dit M. Hairston en lui indiquant le porche d'un magasin de meubles fermé pour la nuit. Le tonnerre retentit de nouveau et Henry se glissa aux côtés de l'épicier. Ses vêtements mouillés lui collaient au corps.

Il n'avait encore jamais vu l'épicier hors de son magasin. Grelottant de froid à cause de la pluie, il était plus petit, plus mince.

« Je t'attendais », dit-il, les yeux brillants d'appréhension. « Tu l'as fait ? Le village est écrasé ? »

« Le village est écrasé », répondit Henry, la voix éraillée.

La pluie battait les vitrines du magasin.

« Excellent, excellent », répondit M. Hairston en se frottant vigoureusement les mains, savourant son heure. Il tendit les bras, vraisemblablement pour serrer Henry contre lui, mais celui-ci se recula.

« J'ai écrasé le village », dit-il, « mais c'était un accident. Je ne l'ai pas fait exprès. »

« Comment ça, un accident ? » demanda l'épicier.

« J'ai trouvé un gros maillet et j'étais prêt à m'en servir. Mais je n'ai pas pu. » Voyant le doute surgir dans le regard de l'épicier, il haussa le ton de la voix. « Je ne voulais pas le faire. » Puis il soupira. « Un rat a bondi sur l'établi. J'ai lâché le maillet. Il a écrasé le village. »

« Beaucoup ? » demanda l'épicier, plein de défiance.

« Plutôt », répondit Henry. « Assez pour qu'il n'aille pas à l'hôtel de ville. Assez pour le saccager. »

« Félicitations ! » s'exclama l'épicier. « Alors, comme ça, tu l'as fait. Que tu l'aies voulu ou non, tu l'as fait. » Contre toute attente, il lui fit un clin d'œil, comme un signe qui les enfermait dans une sorte de conspiration, et Henry se recula contre la vitre froide de la vitrine. « Je suis un homme de parole, Henry. Tu garderas ta place et tu vas avoir une augmentation. Je parlerai au propriétaire du restaurant pour l'avancement de ta mère. Et pour le monument – je vais le commander à la première occasion… »

Pour la première fois l'énormité de l'offre de M. Hairston stupéfia Henry. Pourquoi toutes ces récompenses pour avoir saccagé un village que l'épicier considérait comme un jouet ?

« Pourquoi ? » demanda-t-il, la voix presque couverte par le fracas du tonnerre.

« Pourquoi quoi ? » Les sourcils froncés, surpris, l'épicier lui lança un regard perçant.

« Pourquoi faire tout ça pour moi ? Pourquoi c'était si important d'aller écraser le village du vieil homme ? Pourquoi vous le détestez autant ? »

« C'est un juif », répondit l'épicier. Comme si cela expliquait tout.

Littéralement sidéré, Henry reprit : « Vous auriez pu embaucher des caïds pour le faire. Leur donner quelques dollars. Pourquoi moi ? »

« Tu es un gentil garçon, Henry. Tu es honnête, tu te donnes dans ton travail. Tu es gentil avec ta mère. Tu te fais du souci pour ton père. Tu as envie d'acheter un monument pour la tombe de ton frère. Tu as mauvaise conscience pour un vieux juif. Un gentil garçon comme toi. » Il y avait de la moquerie dans sa voix. « Je parierais que tu dis tes prières tous les soirs. Si bon, si innocent… »

« Mais c'était mal d'aller écraser ce village ! » s'écria Henry, commençant à percevoir la vérité trop incompréhensible qui se faisait jour à son esprit. « Vous aviez envie que je fasse quelque chose de mal. »

L'épicier lui lança un sourire. Pas le rictus retors qu'il prenait dans le dos des clients, mais un sourire abominable, pareil à celui d'un masque d'Halloween.

Stupéfait, Henry songea :

C'est à moi qu'il en voulait depuis le début. Pas seulement au vieil homme et à son village. Il n'avait plus envie que je sois quelqu'un de bien.

L'épicier le couvait du regard, comme son fils préféré. « Tu vois, Henry, tu es comme tout le monde, finalement. Pas si innocent que ça, n'est-ce pas ? Oui, le rat t'a surpris. Mais tu es allé au centre et tu as trouvé le maillet. Tu l'as brandi au-dessus de ta tête. Tu as écrabouillé le village. Rien de tout ça ne serait arrivé si tu n'avais pas eu envie des récompenses. »

Henry se recroquevilla contre la vitrine, il avait besoin de s'éloigner davantage de l'épicier, mais se retrouva pris au piège dans l'entrée.

« Je n'ai pas envie de vos récompenses », dit-il.

L'épicier repoussa ses protestations d'un geste

agacé. « Bien sûr que si. Tu les as gagnées. Le village est saccagé. Tu ne le répareras pas en refusant. »

« Non », dit Henry. « Je démissionne. Je ne veux pas de votre travail. Eddie non plus ne voudrait pas de votre monument. Et ma mère, laissez-la tranquille... »

« Mais il faut absolument que tu acceptes toutes ces choses », reprit l'épicier. « Nous avons un marché. »

« Vous pouvez le garder, votre marché », répondit Henry.

L'épicier s'obstina. « Non, c'est *toi* qui dois le respecter. Quand tu as écrasé le village, tu en as accompli une partie. Maintenant, tu dois faire le reste. Allons, Henry. » Une intonation nouvelle perça dans la voix de l'épicier, une nuance qu'Henry eut du mal à reconnaître. « Ce n'est terminé qu'à condition que tu acceptes les récompenses. »

Henry secoua la tête. « Non ! » cria-t-il pour couvrir le tambourinement de la pluie.

« S'il te plaît », demanda l'épicier.

S'il te plaît ?

Henry se rendit compte tout à coup que ces récompenses importaient tout autant aux yeux de l'épicier que la destruction du village.

« Non », répéta-t-il avec une détermination farouche.

« Il faut que tu acceptes. Il faut que tu me laisses faire tout ça. C'est très important. Sinon, la destruction ne signifie rien... » Un ton de supplique perçait dans sa voix.

Alors, Henry prit une profonde inspiration, quitta le porche au pas de course, frôlant l'épicier qu'il fit tournoyer au passage, et déboucha sous une pluie torrentielle. Aussitôt trempé jusqu'aux os, grelottant, il buta contre une boîte à lettres et faillit tomber. Reprenant son équilibre, il regarda derrière lui et vit l'épicier, debout sous la pluie, mouillé, dégoulinant, silhouette pathétique qui l'appelait. « S'il te plaît, Henry, reviens, il faut que tu reviennes. »

Secouant la tête, Henry tourna les talons et se remit à courir, ignorant la pluie et ses vêtements trempés. Il courut encore puis, hors d'haleine, s'arrêta dans l'entrée d'un théâtre abandonné. Il se ratatina dans l'ombre, grelottant, non à cause de la pluie mais parce qu'il savait enfin ce qu'était M. Hairston.

Il se blottit misérablement dans l'entrée, attendant que la pluie s'arrête.

20

Ils repartirent s'installer à Frenchtown trois semaines plus tard, dès que son père fut autorisé à sortir de l'hôpital. « C'était une erreur de venir ici », déclara sa mère. « On ne peut pas fuir le passé. Nous avons essayé d'oublier Eddie et nous avons eu tort. »

Son père n'était pas guéri, bien entendu, et il restait encore assis sans bouger des heures d'affilée. Mais il lui arrivait de sourire et il les aida même à ranger leurs affaires pour le retour. « Ça va être bon de rentrer », dit-il en fermant une valise. Henry et sa mère échangèrent un sourire plein de gratitude.

Les jours qui suivirent la destruction du village, Henry évita de passer près de l'épicerie et ne s'approcha pas du centre d'artisanat. Il prit également soin d'éviter de croiser le vieil homme à huit heures du matin et en fin d'après-midi.

Il parcourut le journal à la recherche d'un compte rendu qui aurait parlé de l'exposition de l'hôtel de ville ou du saccage du village, mais il n'en vit aucun.

Il ne fit pas de cauchemars, mais se réveillait parfois à cause d'un son étrange qu'il entendait dans sa chambre et se rendait compte que c'était celui de ses propres pleurs.

Il se mit à traîner dans les parages de l'arrière-cour du magasin, dans l'espoir d'apercevoir Doris. À plusieurs reprises, une femme apparut sur la loggia du deuxième étage pour accrocher des vêtements sur un fil, ou secouer un balai contre la balustrade, provoquant un blizzard de poussière.

Enfin, il vit Doris descendre l'escalier, avec les mêmes précautions que d'habitude, des livres de bibliothèque au creux des bras.

Il attendit qu'elle soit dans la ruelle, puis vint se planter devant elle.

Stupéfaite de le voir, elle eut un mouvement de

recul. « Tu vas bien ? » demanda-t-elle dans un murmure, alors qu'elle était loin du magasin.

« J'ai démissionné », dit-il.

« Il a dit qu'il t'avait renvoyé. »

Henry secoua la tête. « Ne le crois pas. Je sais que c'est ton père, mais c'est un… »

« Quoi ? » demanda-t-elle. « C'est un quoi ? » La curiosité vrillant ses paroles, elle se pencha vers lui, comme si elle allait apprendre pour la première fois qui était son père.

Henry évita le mot qu'il avait envie d'utiliser. Comment pouvait-il dire à cette fille que son père était un homme maléfique ? « Ton père est faible, Doris. Et il a peur. Il faut que tu lui tiennes tête. Ne le laisse plus dire que tu es maladroite pour pouvoir te faire mal. »

Elle recula d'un pas, jetant un regard craintif par-dessus son épaule, et il comprit qu'elle regardait si son père l'avait suivie.

« Il m'a fait faire un sale truc, Doris. Je n'avais pas envie de le faire, mais je l'ai fait. Alors il a voulu me donner des récompenses pour ça. Mais je ne les ai pas prises. »

Il voyait bien que ses paroles n'évoquaient rien chez elle, et il comprit qu'il ne pourrait jamais expliquer, ni à elle ni à quelqu'un d'autre, pas même en confession à un prêtre, ce qui s'était réellement passé ce soir-là.

« Ce qui compte, c'est que je lui aie tenu tête », poursuivit-il. « Et il n'a rien pu y faire. Rien. Tiens-lui tête, Doris. »

« C'est mon père », répondit-elle, avec une vérité simple et horrible.

C'est à ce moment-là qu'il sut ce qu'il devait faire. Même s'il déménageait, il devait l'aider. Il devait revenir, dès qu'il le pourrait, pour la voir, peu importait la distance. Il ne savait pas comment il en trouverait le moyen, mais il savait qu'il y était contraint.

« Il faut que j'y aille », dit-elle. « Il attend que je rentre pour l'aider à la boutique. Ça le rend furieux si je pars trop longtemps. »

« On déménage, Doris. On repart à Frenchtown. »

Un éclair indéfinissable passa dans ses yeux. Tristesse, regret ? Il était incapable de le dire.

« Je reviendrai te voir », poursuivit-il. « On pourrait peut-être se retrouver à la bibliothèque. »

Elle le regarda longuement, sur le point de parler apparemment, puis avança la main pour lui toucher la joue. Il sentit ses doigts trembler sur sa chair. « Merci », murmura-t-elle. Elle partit en hâte, presque au pas de course.

« Je *vais* revenir », lui cria-t-il alors qu'elle disparaissait au coin de la rue.

Une solitude, presque intolérable, l'étreignit.

Il finit par reprendre courage et alla dire au revoir au centre d'artisanat. Il prit une profonde inspiration avant d'ouvrir la porte. Georges Graham l'accueillit d'un grand cri plein de chaleur. « C'est bon de te voir, Henry. Où étais-tu passé ? »

Henry lança un regard furtif vers la table de M. Levine et fut ravi de voir le vieil homme au travail sur son établi réparé, les mains toujours aussi délicates. Le village s'étalait devant lui, plus clairsemé qu'auparavant. Il n'avait plus autant de bâtiments et de figurines. Le vieil homme leva les yeux et lui fit un sourire radieux.

« Tu as entendu parler de ce qui est arrivé ? »

demanda le géant. Heureusement, il poursuivit avant qu'Henry ait pu répondre. « Des caïds, probablement ceux du bas de la rue. Ils sont entrés dans le centre. Ils ont démoli le village de M. Levine, mais quelque chose a dû leur faire peur. Ils n'ont pas fini leur boulot, ils n'ont pas eu le temps de toucher aux autres établis… »

« Pauvre M. Levine », dit Henry en se demandant si la culpabilité se lisait dans ses yeux.

« Regarde-le », dit le géant. « Un survivant. Il s'y est remis une fois de plus, c'est tout. Rien ne peut le vaincre. L'exposition a été reportée. Peut-être à Noël. » Scrutant Henry de toute sa hauteur, il reprit : « Tu nous as manqué, Henry. Tout va bien pour toi ? Ta famille ? »

« Nous repartons à Frenchtown. »

Le géant transmit la nouvelle à M. Levine, qui se leva pour prendre Henry dans ses bras. Ils restèrent longtemps l'un contre l'autre.

« Attends », dit le vieil homme en cherchant quelque chose dans la sacoche noire. Il en sortit une petite figurine qu'il déposa dans la main d'Henry. Celui-ci se reconnut : sa chemise bleue, ses cheveux ébouriffés qui ne restaient jamais peignés. Il étudia le grand sourire du minuscule visage de bois. Henry Cassavant, cinq centimètres de haut, mais souriant et résolu. Il garderait cette figurine jusqu'à la fin de sa vie, il la regarderait parfois et se souviendrait de cet été-là. Un jour, peut-être, il serait capable de la regarder et de répondre à son sourire.

Le jour de leur retour à Frenchtown, il passa la soirée à fouiller les tiroirs et les placards de l'appartement jusqu'à ce qu'il ait trouvé ce qu'il cherchait. Il se faufila hors de la maison et prit le chemin du cimetière de Saint-Jude. Le crépuscule grandissait, dans un brouillard inquiétant. Il piqua la vieille batte d'Eddie dans la terre meuble de la tombe. Il posa la balle égratignée et toute bancale au pied de la batte. Il recula d'un pas pour admirer l'effet. Il ne savait pas combien de temps elles resteraient avant qu'on les vole, mais à ce moment précis, ce soir-là, Eddie avait son monument.

Il s'agenouilla et se mit à prier. Il pria pour son père et sa mère, et pour l'âme d'Eddie au cas où il serait encore au purgatoire. Pour Doris et le vieil homme. Et pour le géant. Lorsqu'il souffla : « Et délivrez nous du mal », à la fin du « Notre Père », il pensa à M. Hairston. Alors il fit ce qu'il n'avait jamais fait auparavant. Il pria pour M. Hairston. « Pardonnez-lui », souffla-t-il.

Pardonnez-moi aussi.

Il resta agenouillé là, dans le crépuscule qui rejoignait l'épaisseur de la nuit, soulevant une brise qui courait le long de ses bras nus, et la batte et la balle captèrent la première lueur de la lune qui émergeait.